冷酷皇帝は人質王女を溺愛中

なぜかぬいぐるみになって抱かれています

奏 舞音

ビーズログ文庫

イラスト／comet

Reikoku koutei ha
Hitojichi oujo wo
Dekiaichu

Contents

プロローグ　冷酷皇帝との結婚 ―― 006

第1章　人質皇妃としての生活 ―― 011

第2章　冷酷皇帝と恐怖の夜 ―― 054

第3章　頭の中を占めるのは…… ―― 072

第4章　ぬいぐるみを抱く皇帝 ―― 094

第5章　政略結婚の裏事情 ―― 150

第6章　消えたぬいぐるみ ―― 188

第7章　冷酷皇帝の逆鱗 ―― 213

エピローグ　皇帝の大切なぬいぐるみ ―― 238

あとがき ―― 250

Character
フェルリナ
人質としてヴァルトに嫁いだ
ルビクス王国の王女。
だけどある日、
ぬいぐるみに魂が入って
しまい……？
ヴァルト
ガルアド帝国の皇帝。
『冷酷皇帝』と言われ、
恐れられている。しかし、
ぬいぐるみ（フェルリナ）を
前にすると……？
冷酷皇帝は人質王女を溺愛中
なぜかぬいぐるみになって抱かれています

リジア

皇妃フェルリナの専属侍女。

グラン

ヴァルトの側近。
ソーラス伯爵家の令息。

ルー

ヴァルトをイメージして
フェルリナが作った
クマのぬいぐるみ。
とってもモフモフ。

陛下の瞳を
イメージした
ブルーサファイア

陛下が癒されます
ように……！

陛下の
髪色と同じ
銀色の体

陛下への
贈り物だと伝えるための
赤いリボン

(お父様が初めて与えてくれたお役目だもの。和平のために不手際があってはいけないわ)

一歩、一歩、慣れないドレスの裾を踏まないよう慎重に、フェルリナは大聖堂を歩いていく。

純白のウエディングドレスに映える、ローズピンクの髪を揺らして。

そして、まっすぐに伸びた道の先には、初めて顔を合わせる男がいた。

冷酷無慈悲と噂される、ガルアド帝国皇帝ヴァルト＝シア＝ガルアド。

戦場で白銀の髪に血を浴びる姿は怪物のように恐ろしく、誰もが恐怖で動けなくなるという。

自分に逆らう者は親兄弟だろうと容赦なく手にかけ、理不尽に命を奪う冷酷皇帝。

今まさに、フェルリナはそんな冷酷皇帝の花嫁になろうとしていた。

そう。参列者の誰一人として笑っておらず、重苦しい空気に包まれているが、これは結婚式だ。

愛する二人を結ぶものではなく、国と国とを結ぶ政略結婚。

それも、つい最近まで命のやり取りをしていた敵国同士の。

（震えては、駄目）

緊張で震える体を叱咤して、フェルリナは足を前へと進める。

二年前――セリス暦一六八一年、ルビクス王国とガルアド帝国の戦争が勃発した。

約一年に及ぶ戦争に勝利したのは、ガルアド帝国。

ところがガルアド帝国は、ルビクス王国を支配せず和平の道を選んだ。ルビクス王国から王女を嫁がせることを条件として。

そして選ばれたのが、ルビクス王国の第三王女フェルリナだった。

元敵国から嫁いでくる王女に、人々の視線が鋭く刺さる。

その中には国王である父の代わりに参列している兄王子ロイスの姿もあったが、彼の視線はフェルリナにとってはどの視線よりも痛かった。

まるで欠点を探すように、一挙手一投足を監視されているようで。

ようやくフェルリナはヴァルトの隣へたどり着き、ぐっと唇を引き結んで顔を上げる。

そして、初めて二人の目が合った。

その瞬間、フェルリナはハッと息をのむ。

（……なんて、きれいなの）

深い夜のように静かで、美しいダークブルーの瞳から目が離せない。

白銀の髪にダークブルーの瞳を持つヴァルトは、怪物というより神話に出てくる神々のように整った顔立ちをしていた。

まるで固まったように動かないフェルリナにヴァルトが怪訝そうに首を傾げた時、司祭がこほん、と咳払いをする。

そうだ、今は結婚式の最中だった。

慌ててフェルリナは前を向く。

（いけない、お兄様も見ているのに。失態があってはいけないわ。だけど……）

自身を奮い立たせる一方、フェルリナは心が揺さぶられていることに戸惑っていた。

何故なら、噂に聞いていた冷酷皇帝の姿と目の前の現実は異なっていたから。

噂は誇張されたものだったのだろうか。いやしかし、国王である父はヴァルトと顔を合わせている。

冷酷皇帝であることが間違いないからこそ、他の王女ではなくフェルリナを人質として選んだはず。

何が正しいのか分からず、フェルリナは混乱する。

それにどうしてか、彼のことが気になってしまう。

「ガルアド帝国皇帝ヴァルト＝シア＝ガルアドとルビクス王国第三王女フェルリナ＝ルビ

クスの結婚をここに認めます」

簡略化された司祭の言葉をもって、セリス暦一六八三年、和平のための結婚は成立した。

披露宴のない形式だけの結婚式だったため、ルビクス王国側の参列者は早々に帰国していった。

去り際、兄王子のロイスは声をかけてくることはなかったが、その目は冷たく、「二度とルビクス王国へ戻ってくるな」と言っているようだった。

それでも、無事に結婚式を終えたことに安堵する。

そしてフェルリナは隣に立つ夫に初めて声をかけた。

「あの、陛下……」

しかし突然彼の纏う空気は冷たくなる。その視線は人を射殺せそうなほどに鋭い。

フェルリナは身がすくみ、続く言葉が出ない。

何も言わなくなったフェルリナから目を逸らし、

「皇妃の地位は形だけだ。人質としての自覚を持って過ごすがよい」

と、ヴァルトはそれだけ言って背を向けた。

去っていく背を見つめるフェルリナの瞳から、ぽろぽろと涙が零れ落ちていく。

ヴァルトは、夫婦として過ごすことなど一切考えていない。

いくら政略結婚であっても夫婦は夫婦だと、フェルリナは期待してしまっていた。

冷酷皇帝の噂とは異なる姿も見て、ほんの少しだけ。

しかし、その希望は打ち砕かれ、はっきりと「人質」だと自身の立場を思い知らされてしまった。

（わたし、これからどうすればいいの……？）

周りを見回すも、誰もうそこにはいない。

見知らぬ元敵国で、頼れる者もなく、ただ一人。

震える体を抱きしめるのは、自分自身の腕しかなかった。

――ガルアド帝国の冷酷皇帝は、親兄弟さえも手にかけた男で、自分が気に入らないことがあればすぐに剣を抜くそうよ。

――戦争で捕らえた捕虜に拷問をするのが趣味だとか。きっと、顔も怪物のようにおぞましいに違いないわ。

――あぁ、なんて恐ろしいのっ！

――お前は罪人の子だから、どんな拷問にも耐えなきゃならないよ。役立たずのお前にルビクス王国の未来がかかっているんだからね。

蔑むような視線と、嘲笑。

出立前、姉王女たちと王妃にかけられた言葉を夢に見て、フェルリナはハッと目を覚ます。

今まで触れたことのない上質なシーツの感触に、自分がどこにいるかを思い出した。

ここは、結婚式の後、騎士に案内された部屋だ。

昨夜、緊張と不安で疲弊していたフェルリナは、ベッドを見つけるなり眠ってしまったのだ。

「やだ、私、どうしましょう……っ！」

自分がとんでもないことをしでかしたと思い、がばっと起き上がる。

早速失敗をしてしまったと頭を抱えたが、ふと、この部屋にヴァルトが来た形跡が一切ないことに気づく。

そういえば、昨夜騎士たちからは何も言われなかった。

──そうか、彼の言葉通り「妻」としての務めを求められていないのだから、初夜など存在しなかったのだ。

つきり、と胸が痛む。

これはただの政略結婚ではない。和平のための結婚であり、フェルリナは妻という前に敗戦国から差し出された人質であった。

自身の「人質」という立場をまた思い知らされてしまい落ち込む。

しかし、そもそも「人質」としてルビクス王国の役に立つために嫁いだのだ。

そして、ヴァルトも同じことを望んでいる。

ならば、人質としての務めを全うすることこそ自分のやるべきことではないか。そう思い直し、フェルリナは「よし！」と両手の拳を握った。

（人質として私ができること……そうだ！　拷問に耐えなきゃって言われていたわ！）

早速何か……と考えて最初に思い出したのは、拷問のことだった。

（……拷問は怖いけれど、きっとそれも役に立つことなのよね？）

まずは、人質として頑張ってみよう。

ルビクス王国のために。そして、夫であるヴァルトのために！

フェルリナが妙な方向に自身を奮い立たせようとしていた時、ノックの音もなく部屋の扉が開かれた。

「妃殿下、失礼いたします」

ぞろぞろと入ってきたのは、皇城に仕える侍女たちだった。

フェルリナは慌ててベッドから降り、頭を下げる。

「あの、初めまして。わたしはフェルリナ＝ルビクスと申します」

「存じております。私は、妃殿下の専属侍女を拝命いたしました、リジア＝ロコットと申します」

フェルリナの挨拶に淡々と返したのは、キャラメル色の髪と黒茶色の瞳を持つ侍女だ。

頰のそばかすが可愛らしい。

年齢は十七歳のフェルリナよりも少し上くらいだろうか。

他の侍女たちも年齢層はあまり変わらないように見えた。

（こんな可愛らしい方たちが、わたしの拷問の準備をするのかしら……？）

見当違いなことを考えているとは気づかずに、フェルリナは侍女たちに促されるまま、別室へと移動した。

「こちらで湯あみをお願いいいたします」

「えっ、湯あみ……？」

「はい。それでは、私たちは一旦失礼させていただきます」

湯の準備を終えると、侍女たちはそそくさと出ていった。

フェルリナは一人、湯殿に残されて首を傾げる。

（もしかして、熱湯による拷問……？）

人質であるフェルリナに、湯あみという贅沢があるはずがない。

最初の拷問だ。心して受けなければ。

気合を入れて、フェルリナはドレスを脱ぎ、湯舟に浸かる。

「……あったかい」

なんて心地の良い湯加減だろうか。

熱すぎず、冷たすぎず、体の緊張をほぐすような優しい温度に、ほうっと息をつく。

（でも、わたしなんかにこれだけのお湯を使っても大丈夫なのかしら）

感動していたのもつかの間、今度は不安になる。

これが拷問でないことはさすがのフェルリナにも分かった。

ちゃんとしたお世話の一環として、湯あみをさせてくれたのだ。

勘違いしていたのが恥ずかしい。

フェルリナを一人にしてくれたのは、ここに来たばかりで緊張しているからという、彼女たちなりの気遣いだろう。

フェルリナはとある事情から他人に肌を見られるのが苦手だ。

だから、他人の目を気にせず、一人にしてもらえるのは本当に助かる。

侍女たちの配慮に、フェルリナは感謝の気持ちでいっぱいになっていた。

湯あみを終えて出ると、春らしい小花柄のドレスが置いてあった。

誰かのものだろうか？

(わたしが触れて汚してはいけないわね)

ドレスには手を触れず、フェルリナは自身の寝間着を探す。

しかし、どこにも見当たらない。

「あの、わたしの寝間着は……」

仕方なく外に控えているリジアにそっと声をかけると、「そちらのドレスにお召し替え

くださ い」と言われ、フェルリナは仰天する。

「わ、わたしが着てもいいのですか……⁉」

「お気に召さないようでしたら、別のドレスをお持ちしますが」

「そんな、とんでもないです！　ぜひこのドレスを着させてください！」

「……はあ」

リジアは頷きながらも眉間にしわを寄せている。

しかしフェルリナはそれに気づかず、戻ってドレスを慎重に手に取った。

――人質である皇妃が、着飾ってもいいのだろうか。

しかも、こんなに上質で素敵なドレスを？

嬉しい一方で、これから受けるであろう拷問になぜドレス姿である必要があるのか分からず戸惑う。

しかし考えても仕方がないので、着替えを始めた。

「とっても、素敵だわ……」

全身鏡の前に立ち、ドレスを着た自分の姿を確認してみる。

白地に小花柄が可愛らしい絹織物のドレスは、春の装いにぴったりだ。七分丈の袖からは三段重ねのレースがのぞき、濃いピンクの腰のリボンがアクセントになっている。花の色はピンクや赤で、フェルリナのローズピンクの髪と赤紫の瞳に合わせて選んでくれたのだろう。

こんな素敵なドレスをもらって嬉しくないはずがない。

腰の後ろのリボンを結ぶのが難しかったので、綺麗にできているか不安だけれど。

ふわふわと波打つ長い髪をそのままに、フェルリナは外に出た。

「ご準備できましたでしょうか？」

「はい。あの、こんな丁寧に花模様が織り込まれたドレスは初めて見ました。とても可愛いです！　ありがとうございます！」

「はあ、お気に召したようで何よりです」

リジアは湯上がりそのままの髪と、少し歪んだ腰のリボンに目を留めたが、何も言わずにフェルリナを別の部屋へ案内する。

「こちらは初夜のために特別に設えた部屋でしたので、本日から妃殿下にお過ごしいただく部屋へ移っていただきます」

とうとう拷問部屋へ連れていかれるのかもしれない。

フェルリナは覚悟を決めて、リジアたち侍女と城内を歩く。

（なんて広いお城なの……！）

結婚式の後は緊張もあって周りを見る余裕がなかったが、こうして見回すと、この城はルビクス王国の王城と比べてもかなり広く複雑だ。

皇城内の通路は入り組んでいるため、今いる場所がどこなのかすぐに分からなくなってしまう。

後でしっかり覚えなければと思うものの、目印になりそうな置物や彫刻も、似たような造形のものばかり。これは覚えるのに骨が折れそうだと考えながら、置いていかれないよう侍女についていく。

「こちらがこれからお過ごしいただくお部屋でございます」

案内されたのは、緑を基調とした美しい部屋だった。

天井にはシャンデリアが輝き、壁には心の落ち着く風景画が飾られ、ソファやテーブルなどの調度品がバランスよく配置されている。

奥の部屋には天蓋付きのベッドがあり、鏡台やドレスの入ったクローゼットもある。

湯あみやドレスだけでも信じられなかったのに、この待遇はどういうことだろう。

窓に鉄格子はないし、部屋の扉には内鍵だけで、外から鍵をかけられる様子もない。

どう見たって拷問部屋ではない。

そうでないにしても幽閉か、最悪地下牢に連れていかれることまで本気で想定していたフェルリナは、思わず侍女たちに詰め寄った。

「あの、本当にここがわたしの部屋なのですか？」

「はい」

「……えっ、でも、その、ここは自由に出入りができますし、テラスからは庭園が一望できて、なんでも揃っていて過ごしやすそうな部屋なのですが……何かの間違いでは？」

フェルリナの問いに、侍女たちは顔を見合わせている。

しばしの沈黙の後、

「陛下より、こちらのお部屋でお過ごしいただくように命じられております」

と答えた。皇帝からの命令ならば、間違いではないということだ。

ここは幽閉部屋でもなく、どうやら本当に自分のために設えてくれた部屋らしい。

もしかすると、拷問部屋は別のところにあるのだろうか？

それならば、後で呼び出されるのかもしれない。

「あの、陛下は他に何かおっしゃっていませんでしたか？」

侍女へ拷問の予定を伝えてあるかもしれない、と意を決して聞いてみたのだが──。

「週に一度は食事を共にするとのことです。それでは失礼いたします」

「え？」

フェルリナの問いに答えると、侍女たちは無言で部屋を出ていった。

意外な答えに拍子抜けし、フェルリナはへなへなと座り込む。

「陛下が、人質であるわたしにこんな素敵な部屋を……？　それに、拷問じゃなくて食事を一緒に……？」

覚悟していた拷問がないようで、安堵の息を漏らす。

それに、ガルアド帝国に来たばかりで、味方なんて誰一人いないと思っていたけれど。

フェルリナの身の回りの世話をしてくれる侍女がいて、こんな素敵なドレスをくれて、豪華な部屋まで与えられて。

妻の役目など諦めかけていたのに、皇帝は人質の皇妃相手にも週に一度の約束をくれた。

ほんの少しだけ、胸に淡い期待が灯る。

ガルアド帝国の人たちはなんて親切で、優しい人たちばかりなのだろう。

感動のあまり、フェルリナの目には涙が浮かんでいた。


王女であるフェルリナがここまで感動し、喜ぶのには訳があった。

フェルリナは、ルビクス王国では何の価値もない王女として蔑まれていたのだ。

何故なら、正統な生まれではないから。

ルビクス王国の妃は、王妃ただ一人だけ。そして、国王の寵愛を一身に受けた王妃は、王子を一人、王女を二人産んだ。

しかし、フェルリナの母は王妃ではない。まして、貴族でもなかった。

王妃が二人目の娘を出産する頃、王城で働く針子に国王が気まぐれに手をつけ、生まれたのがフェルリナだった。

すぐさま事情を知った王妃は激怒した。それまではただ一人の王妃として国王の愛を独占していたのに、使用人が国王の子を身ごもるなど、王妃の矜持が許すはずもない。

その結果、使用人である母とその娘フェルリナに深い憎悪が向けられた。

王の血を引いているからというだけで、針子の子どもが王女として扱われることに納得できない王妃の怒りは止まることを知らない。

――そしてある日、事件が起きた。

フェルリナを叩いた第一王子を叱っただけなのに、危害を加えたとしてフェルリナの母は投獄されたのだ。

国王の計らいにより母は処刑を免れたものの、辺境の地へ流刑となった。

残されたフェルリナは、離宮へ追いやられた。

まだ幼かったフェルリナは、何も分からないままに母を失い、父である国王に見捨てられたのだ。

フェルリナの母の処罰に納得のできない王妃は、憎しみの矛先をフェルリナへ向ける。

その姿勢は王妃の子どもたちにも伝播した。

そして、王家の誰からも冷遇される王女の世話をまともにする使用人はいなくなった。

湯で体を清めることも、自分だけのドレスも、きれいに整えられた部屋も手にすることは許されない。

他人からの優しさと愛情も、フェルリナは与えられたことがなかったのだ。

だから、ガルアド帝国の侍女たちにぞんざいな扱いをされても、フェルリナはそれが悪意とは気づかなかった。

「本日の朝食をお持ちしました」

下がっていた侍女たちは、朝食をのせたカートを押して戻ってきた。

「え、わざわざ運んできてくださったのですか……⁉」

自国では食事は余りものをもらいに行くことが日課だったので、フェルリナは驚く。

しかも、スープからは湯気が漂っている。

まさか出来立て……⁉

スープを凝視していると、侍女たちは朝食をのせたカートを残して出ていった。

(わたしが落ち着いて食べられるように一人にしてくれたのね)

またしても、侍女たちの細かな気遣いにフェルリナは感謝する。

実はフェルリナは、王女としての教養を身につけておらず、ガルアド帝国に嫁ぐことが決まった一年前、急ごしらえで礼儀作法を学んだのだ。

間に合うよう懸命（けんめい）に勉強していたのだが、その中でも、最も出来が悪いのが食事だった。

学んだ作法がきちんと身についているか、時折王族だけの晩餐会（ばんさんかい）に呼ばれることがあった。

しかし、フェルリナのために用意される一品は、硬（かた）すぎる肉や大きく切られた食材、食材が浸（ひた）るほどのソースがかけられたものなど、食べづらいものばかり。

「ガルアド帝国ではこういう食事が出ると聞いて再現させてみたの」

どう食べればいいのか悩（なや）んでいるフェルリナに、王妃は目を細めて笑う。

「わざわざ向こうの野蛮（やばん）な食事を用意するなんて、さすがお母様。気が利（き）きますわ」

「せっかく用意してもらったのに、まさか食べられないなんて言わないわよねぇ？」

姉王女たちに睨（にら）まれ、フェルリナはごくりと息をのんだ。

なんとか食べ始めるも、王妃たちからの視線が突（つ）き刺（さ）さって味などしない。

さらに少しでも音を立てれば大袈裟（おおげさ）に嫌（いや）がられ、萎縮（いしゅく）して震（ふる）えるせいでドレスにソースが垂れてしまい、汚（きたな）いと罵（ののし）られる。

国王はがっかりしたように不機嫌（ふきげん）な表情で、目線すらこちらへ向けない。

息の詰まる食事が終わると、別室で王妃から躾（しつけ）として鞭（むち）を受けるのが決まりであった。

「お前は本当に卑（いや）しい子ね」と——。

自分が叱られるのは、きちんと食事ができないから。物覚えが悪いから。嫁ぎ先の料理への理解も足りないから。

悪いのは自分だと、フェルリナは思い込んでいた。

だから食事には一番自信のないフェルリナにとって、一人でゆっくり食べられることは何よりも安心する。

「おいしい……っ！」

野菜の旨味が溶け込んだコンソメスープを一口飲めば、心まであたたかくなる。

焼き立てのパンはふっくらと柔らかく、ほんのりと甘い。

「これは？　……っ⁉」

新鮮な野菜には少し酸味の利いたドレッシングがかけられていて、少し驚く。

焼いたソーセージはジューシーで、ソーセージそのものにしっかりと味付けがされていた。

ルビクス王国では食材そのものを活かすため、そのまま食べるか、焼くだけ、煮込むだけ、といった料理が多い。

ソーセージのように肉を潰して加工したものは、ガルアド帝国の食文化を学んだ時に本で読んではいたが、食べるのは初めてだ。

食べ慣れない味ばかりだが、どれもとても美味しい。

練習で出されていた料理とは全く違い、食べづらいということもなかったのでほっとする。

「いろいろ食べてみたいのに、もうお腹いっぱいになってしまったわ……」

テーブルには見た目が華やかなデザートも用意されている。

ガルアド帝国のデザートにも興味があるのに、フェルリナの小さな胃袋はこれ以上食べられないと白旗を上げていた。

（でも、このままじゃだめよね。せっかく週に一度、陛下とのお食事の機会をいただけたのだから、苦手なんて言っていないで作法を頑張らなきゃ……！）

今日は大丈夫だっただけで、これから食べづらい料理が出るかもしれない。

皇帝との食事で、ルビクス王国にいた時のような失敗をするわけにはいかないのだ。

「ごちそうさまです」

あたたかい食事に感謝を捧げながら、フェルリナは施してもらった優しさに報いるべく、前を向くのだった。


そのまま数日が経過した。

フェルリナは拷問されることも傷つけられることもなく過ごしている。

侍女たちのおかげで、慣れないガルアド帝国での生活に不自由なんて一つもない。

彼女たちは静かに控え、フェルリナが尋ねたことにも簡潔に返事をしてくれるし、いつも一人にしてほしいタイミングで退室してくれる。

毎日目覚める度、眠る度、これは夢ではないかと思う。

人質なのに、こんなにあたたかい待遇を受けていて良いのだろうか？

拷問の役目がないのならば、他に何をすれば……？

皇妃としての仕事が回ってくることもなく、授業の予定も立てられていない。

部屋に鍵はかけられていないが、外には見張りのためか騎士も控えているし、侍女たちも必要に応じてやってくる。

外へ出るなと言われたわけではないが、人質である自分があまり勝手に出歩かない方がいいだろう。

となると、部屋でできることを探すしかない。

一体、自分には何ができるだろう――とフェルリナは考え悩む。

(何か役に立つことをしたい。まずは侍女の皆さんにお礼をしたいわ。……そうだ！)

フェルリナは、ルビクス王国から持参した裁縫道具一式を取り出した。

「妃殿下、本日の晩餐は皇帝陛下とご一緒していただきます」

結婚式からちょうど一週間後のことだった。

あれから一度も会うことはなかったが、週に一度の食事の約束をヴァルトは忘れていなかったのだ。

それが嬉しくて、フェルリナは笑みを浮かべる。

結婚式の時はまともに話すことができなかった。

けれど、晩餐の席ではもっとヴァルトと話がしてみたい。

「お手伝いさせていただきます」

「えっ……」

いつもはフェルリナ一人で仕度をしているのに、皇帝に会うからか、今日は侍女たちが控えている。

てきぱきと用意をする侍女たちの中、リジアがフェルリナの方へ歩み出る。

咄嗟にフェルリナは胸を押さえ、後ずさった。

「いえ、あの、一人で大丈夫ですよ」

「いいえ。今夜のドレスはお一人で着られないデザインですので」

「で、でも……いやっ」

フェルリナの抵抗も空しく、肩から服を脱がされかける。

しかし、ぴたっと手が止まり、リジアはフェルリナの体を見て大きく目を見張った。

そしてすぐにフェルリナの服を肩にかけ戻し、控えていた侍女たちを振り返る。

「妃殿下の着替えは私一人でお手伝いします。皆は化粧と装飾品の準備を」

リジアの指示で他の侍女たちは部屋を出ていく。

扉がしっかり閉まったのを確認してから、リジアはそっとフェルリナに話しかけた。

「妃殿下……これは？」

「あの、ごめんなさい。……人質なのにこんな傷があっては陛下に嫌われてしまいますよね」

フェルリナは蹲り、骨が浮かび上がるほど痩せている体を腕で抱えて懸命に隠す。

しかし、王妃からの躾で鞭打たれた背中の傷までは隠せない。

ガルアド帝国へ渡るまでに治すはずが、作法の出来が悪く直前まで躾があったのだ。

傷一つない綺麗な体で嫁げなかったことを、いつヴァルトや侍女たちに知られてしまうか、フェルリナはずっと怯えていた。

不健康にしか見えない肉付きの悪い体を晒したら気分を害してしまうのではないかということも。

きっと、リジアもフェルリナの醜さに声も出ないのだろう。

知られてしまった絶望が身に降りかかる。

けれどこのままでいるわけにもいかず、フェルリナはゆっくり立ち上がり、着替えを手伝ってもらうことにした。

リジアは難しい顔をしたまま、フェルリナにドレスを着せる。

ドレスに着替えた後は、他の侍女たちも加わって、化粧や髪が整えられていく。

「……ここに来てからは、リジアさんたちが美味しい食事を用意してくださっているので、これでも肉付きがよくなった方なんです」

気まずい沈黙に耐え切れず、フェルリナは言い訳をするように話す。

せめて痩せているのはリジアたちのせいではないと伝えたかったのだ。

そんなフェルリナを見て、リジアが慎重に口を開いた。

「妃殿下、いつも食事を大量に残していたのは、ガルアド帝国の食事を嫌がっていたからではないのですか……？」

「えっ⁉　あんなに美味しい料理を嫌がるはずがありません！」

「では、妃殿下がもう食べられないと言っていたのは、嫌みではなく、本当に食が細くて食べられなかっただけ……？　私は、とんだ勘違いを……」

「リジアさん？」

「妃殿下、申し訳ございません！」

何故か、リジアに深々と頭を下げられた。

「え……？」

一体何の謝罪なのか分からない。

謝るのはフェルリナの方ではないのか。

周りの侍女たちも戸惑っている。

何がなんだか分からず、フェルリナは「頭を上げてください！」と慌てて声をかける。

「私は、ルビクス王国の王女だというだけで妃殿下を誤解しておりました。初日から妃殿下を蔑ろにしてきたことを心から謝罪いたします」

「……えっと、何のことでしょう？」

フェルリナには侍女たちから謝罪される心当たりが全くないため、混乱する。

リジアはばつが悪そうに言った。

「その、妃殿下の湯あみも、着替えも手伝わず……」

「えっと……緊張しているわたしへの気遣いですよね？」

「？　他にも、食事は運ぶだけでテーブルの準備もせず……」

「そんな、わざわざ部屋まで運んでいただいて、あたたかい食事をいただけて、それだけで嬉しかったですよ？」

「は……？　いえ、それだけでなく！　まともに口もきかず……」

「わたしの方こそ、口下手で……すみません」

ルビクス王国で話し相手などいなかったから、フェルリナは人と話すことに慣れていない。

言いたいことが伝わらないこともある。

だから、リジアたち侍女に何か誤解があったのなら、きっとフェルリナが悪いのだ。

「………」

「あの………？」

じっと黙り込んだリジアが心配で、フェルリナはそっと声をかけた。

話を聞いていた他の侍女たちも、皆が顔を見合わせばつの悪そうな表情をしている。

一体、どうしたというのだろう。

妙な雰囲気の中、フェルリナはハッと思い出す。

（そうだわ！）

フェルリナは急いで寝室に行き、クローゼットからある物を取り出して戻る。

「遅くなってしまったのですが、皆さんへの感謝の気持ちを込めて作りました。いつもありがとうございます」

侍女一人ひとりのもとへ行き、フェルリナは感謝を伝える。

侍女たちは戸惑いながら、受け取ったものを見つめていた。

「妃殿下、これは……？」

フェルリナが侍女たちのために一人の時間で作ったのは、ネコやウサギなどの動物をモチーフにしたマスコット。

手の平サイズのマスコットは、侍女服のポケットにもぴったり入る。

実は少しだけポケットから顔が出るような可愛い工夫も凝らしていたりする。

(気に入ってもらえると良いのだけれど……)

ルビクス王国でのフェルリナの趣味は、裁縫だった。

母が罪人となり、一人になって、唯一残されたのは針子だった母が大切にしていた裁縫道具だけだったから。

少しでも母の面影を追うように、離宮で過ごす時間は、姉王女たちが使い古したドレスの生地などをもらってマスコットを作っていた。

それすらも、ドレスを盗んだと言われ罰せられていたが。

母との繋がりを感じられる裁縫は、やめることができなかった。

「マスコットは幸運をもたらすお守りとも言われているんですよ。母がそう教えてくれたんです」

そう言って、フェルリナはにっこりと笑う。

可愛いものは心も癒してくれる。

だからこそ、複雑な思いを抱えてフェルリナの世話をしてくれている彼女たちに、少しでも癒しや幸せを届けられるよう祈りを込めて作った。

「私たちはなんてことを……！」

途端、侍女たちがマスコットを握りしめながら頽れていく。

（えっ、皆さん突然どうしたのかしら……？）

フェルリナは、侍女たちの前でオロオロと狼狽える。

「妃殿下、どうやら誤解されていらっしゃるようなのですが……実は私たちはこれまでずっと嫌がらせをしていたのです。本来であれば、侍女が仕える主から目を離すなどあり得ません。私たちは侍女としての仕事を放棄し、妃殿下を困らせようとしていました」

「そうだったのですか⁉」

リジアの告白に、フェルリナは目を丸くして驚く。

「「「本当に、申し訳ございません！」」」

フェルリナの目の前で、侍女たちが一斉に頭を下げた。

侍女や従者から謝られた経験もないフェルリナは吃驚し、一番むせび泣いているリジアに駆け寄り背を撫でる。

「皆さんが気に病むことはありません！　こんな人質の皇妃ですが、仲良くしてくださると嬉しいです」

そう言うと、侍女たちはまた声を上げて泣き、深く深く頭を下げた。

侍女たちとの誤解も解け、改めて皇帝との晩餐に向けて準備を再開する。
侍女たちはこれまでのことを償うように、持てる力を尽くして丁寧にフェルリナを着飾らせた。

「これが、本当にわたしなの……？」

鏡に映る自分の顔は、ルビクス王国にいた時よりも健康的で、化粧のおかげで肌も輝いて見える。

オールドローズ色のドレスは、シンプルなデザインではあるが生地に光沢があり、シャンデリアの下ではきらめきを放つだろう。

開いた胸元には、小さな赤い宝石が埋め込まれたネックレスが控えめにきらめいている。

いつも一人でまとめるのが大変だったふわふわのローズピンクの髪は緩く編み込まれ、赤やピンクの花の飾りに彩られていた。

王女でありながら公の場に出ることがなかったフェルリナは、自身を着飾った経験があまりにも少ない。

だからこそ、今の自分の姿を見て、フェルリナは驚きを隠せなかった。

「とってもよくお似合いですよ」

華奢な体のラインを感じさせないようにと、リジアがショールを肩にかけ、にっこりと微笑む。そして、「傷のことは誰にも言いませんから安心してください」と、こっそり耳打ちした。

フェルリナは驚くも、リジアの思いが伝わり、眉を下げて安堵の笑みを浮かべながら「ありがとう」と感謝を伝えた。

他の侍女たちは「心が清らかな上に見た目も天使だなんて……」「今まで着飾ってこなかったことが悔やまれる……」などと呟いていた。

「皆さん、ありがとうございます。頑張ってきます！」

食事の作法への不安は残るけれど。

それでも、侍女たちと同じようにヴァルトとも心を通わせたい。

フェルリナはドキドキしながら晩餐の間へ向かった。

「どうした、食べないのか？」

前菜が運ばれても食べようとしないフェルリナに、ヴァルトが訝しげに問う。

陛下と久しぶりに会えた喜びでいっぱいなのに、食事を目の前にすると緊張で手が震え出す。

（せっかく、陛下がわたしのために時間をつくってくださっているのに……）

フェルリナはテーブルに並ぶカトラリーを見て、視線を彷徨わせる。

ガルアド帝国の晩餐は、とにかくテーブルが華やかで美しい。

磨き上げられたナイフやフォーク、スプーンなどの銀器はもちろんのこと、ガラス製のグラスにも繊細な装飾が施されている。

ルビクス王国ではお皿も装飾のないシンプルなものが多く、調味料を入れるための容器なんて見たことがない。

華やかに彩られ、目を楽しませる食卓ではあるが、今のフェルリナには純粋に楽しむ余裕はなかった。

（えっと、カトラリーは外側から順に……）

そっと一番外側のナイフとフォークを持ち上げる。

静かすぎる室内では、その際に立てた「ことり」という音すら大きく響くような気がした。

フェルリナの緊張は増し、口が渇いていく。

長テーブルの向かいに座るヴァルトが美しい所作でナイフとフォークを扱っているのが分かる。

ここで失敗してしまったら、もう晩餐に誘ってもらえなくなるかもしれない。

そう思うと、一つも間違ってはいけないという強迫観念にかられ、フェルリナは動けなくなってしまった。

「警戒せずとも、毒は入っていない。もし気になるなら、専属侍女に毒見させるか？」

「いいえっ、ただ、その……」

「私とは食事ができないということか」

声を荒らげることもなく、ヴァルトは淡々と冷ややかに言った。

ダークブルーの瞳が冷たく細められ、胸を突き刺す。

「ちが、います」

掠れた声がヴァルトの耳に届いたかは分からない。

「もうよい。今日はこれで失礼する」

そう言ってヴァルトは席を立ち、退室してしまった。

ヴァルトに会ったら、まずはお礼を言いたいと思っていた。

とても素敵な部屋を。侍女たちを。美味しい料理を。ドレスを。装飾品を与えてくださったことを。

それなのに、怒らせてしまった。機嫌を損ねてしまった。

せっかく用意してくれた晩餐の料理も、緊張しすぎて一口も食べられなかった。

「妃殿下、大丈夫ですか？」

青ざめた顔で震えるフェルリナに、リジアが心配して声をかけてくれる。

「ごめんなさい、私、また……」

「また……？　大丈夫ですよ、まだ機会はあります。陛下は約束を守ってくださる方ですわ」

リジアの言葉に、ハッと顔を上げる。

「そう、ね」

週に一度、食事を共にする。

それが、形だけの皇妃であるフェルリナに約束された夫と過ごせる時間だ。

ルビクス王国でのことを思い出し、震えていてはだめだ。

陛下のために、精一杯(せいいっぱい)自分の務めを果たしたい。

「ねぇ、リジアさん」

「何でしょうか」

「わたしに何かできる仕事はないかしら……？」

リジアは瞬(またた)いた後、気遣うような表情を見せた。

「実は、ルビクス王国から来た妃殿下に良くない印象を抱(いだ)いている者は多いのです。もちろん妃殿下のことを知れば、皆好きになってくれるに違いありません！　でも今は、陛下の理解を得られるまであまり動かない方が良いかと……」

「そう……」

しゅん、とフェルリナは肩を落とす。

分かっていたことだけれど、ガルアド帝国の皇妃として認められるには、血の滲(にじ)むような努力が必要なのだ。人質という立場ならば、さらにその何倍も。

まずはヴァルトから少しでも信頼してもらえるようにならなければ。

「リジアさん、どうか協力してくださいっ！」

フェルリナの頼みに、リジアは笑顔で頷いてくれた。

晩餐の間を苛立ちのままに出ていき、ヴァルトは執務室へ戻った。

「あれ？　今日は妃殿下とデートじゃなかった？」

「デートではない。様子見のための食事だ」

「ふうん。それで、どうして不機嫌なの？」

皇帝であるヴァルト相手にこんな軽口がたたけるのは、この男だけだろう。

グラン＝ソーラス。

長年皇家に仕えるソーラス伯爵家の出で、ヴァルトの側近だ。

親友であり、戦友でもある彼をヴァルトは信頼している。

遊ばせた金茶色の髪に深緑の瞳を持つグランは、柔和な笑みを浮かべて、ヴァルトの答えを待つ。

「皇妃は、ガルアド帝国の食事には手もつけられないようだ」

「せっかくルビクス王国のまっずい味付けに寄せて作らせたのに？　一口も？」

「あぁ」

何が気に入らないのか。

まともに口を開かず、ただただ俯(うつむ)いているだけ。

やはりルビクス王国の者が考えていることはよく分からない。

二年前の戦争も、宣戦布告してきたのはルビクス王国だった。

こちらは迎(むか)え撃(う)っただけに過ぎない。

一年もかかるとは思わなかったが、最後は皇帝であるヴァルトが自ら前線に出て戦って終結させた。

だからこそ、本来なら敗北したルビクス王国の立場は弱いはずなのだが。

ヴァルトが和平の象徴(しょうちょう)として敗戦国の王女を娶(めと)ることになったのには、理由がある。

「ルビクス王国がこっちのことを下に見ているとは聞いていたけど……皇帝との最初の晩餐でそんな態度はよくないねぇ」

「だが、ガルアド帝国に慣れてもらわなければ困る」

ヴァルトはため息をつきながら、執務机の椅子(いす)に座った。

「そうだね。じゃあ、もう少しヴァルトも優しくしてあげれば？」

「は？」

「ヴァルトに惚れさせれば、なんでも言うことを聞いてくれるんじゃない？」

「却下だ」

グランの軽い提案を、ヴァルトは苛立ちのままに吐き捨てる。

（私が女性にいい思い出がないことを知っているくせに、こいつは）

ヴァルトは、幼い頃から兄弟たちとの後継者争いに巻き込まれ、命を狙われてきた。

様々な陰謀の中を生きてきたせいで、疑うことが癖になっている。

皇帝位を得た今でも、足元をすくおうとする敵はどこにでもいるのだ。

この強い警戒心のおかげで生き延びてこられたといっても過言ではない。

そして、今までヴァルトの周辺にいた女性は皆、笑顔の裏で後継者争いの陰謀に加担していた。

だから、ヴァルトは皇妃として娶ったフェルリナのことも信用するつもりはない。

ましてや敗戦国の王女だ。

祖国を貶めたヴァルトを憎んでいることだろう。

大人しいふりをして、いつ命を狙ってきてもおかしくない。

「その方が楽だと思うけどなぁ。でも、無理か。ヴァルトの顔怖いし」

「うるさい。そもそも、私は女性に興味がない」

「はぁ～……。高慢王女かもしれないけど、顔は可愛かったでしょ？」

グランの言葉で、ヴァルトもフェルリナのことを思い浮かべる。

たしかに、彼女の顔は可愛かった。

ヴァルトより七つも年下の、ローズピンクの髪と赤紫の大きな瞳を持つ可憐な王女。

結婚式の日、ヴァルトの冷たい言葉に大きく揺れた赤紫の瞳が何故か脳裏に焼きついている。

だが、その無垢な瞳にも、可愛らしい顔立ちにも、騙されてはいけない。

「……見た目だけではどんな人間か分からない。だからこそ、週に一度はおかしな素振りがないか確かめる必要がある」

昨日、世話をしている侍女たちにも探りを入れたが、食事にはほとんど手をつけず、ガルアド帝国の侍女を嫌がって近づけさせないと言っていた。

人質として嫁いでいるのだから、怖がるのは当然だろう。

しかし、だからこそ不自由のないよう手厚く世話しているはずだが、それすらも不満なのか。

「ま、あんまり様子見に時間をかけすぎて後悔しないようにね」

眉間にしわを寄せたヴァルトに呆れたような笑みを向け、グランは執務室を出ていった。

「ったく、余計なお世話だ」

グランの忠告をもっと真摯に受け止めておけばよかったと思う日が来るなんて、この時のヴァルトには知る由もなかった。

大失敗だった晩餐から一週間後。

フェルリナは午前中、ぼーっとしながら縫物をしていた。

(陛下の瞳、本当にきれいだったなぁ)

結婚式の時にもハッとさせられたが、久しぶりに会った時もヴァルトの瞳にまた魅入ってしまった。

だからこそ、あの目で冷たく射抜かれると心が痛む。

(次こそ陛下とちゃんとお話しできるかしら……)

一人になって思い浮かべるのはヴァルトのことばかり。

だからか、手が勝手にヴァルト似のクマを作ってしまっている。

ふわふわのクマの体は銀色で、きゅるんと大きな瞳はダークブルー。

ヴァルトをイメージして作ったと一目で分かる色だ。

首には贈り物だと分かるように赤いリボンを結んでいる。

侍女たちが喜んでくれたこともあり、ヴァルトにも癒しを……と贈り物をしようと日々作り続けていた。

あとはここを留めれば完成――。

「妃殿下、何を作っているのですか？」

ふいにリジアに声をかけられ、フェルリナはびくっとして手元のクマを隠す。

ヴァルトに似たクマを作っていたことを知られるのはなんだか恥ずかしい。

しかし、隠そうとしたクマが転がり落ちていく。

「あっ」

「これって……」

拾ったリジアは、なんとなくヴァルトを思わせるクマのぬいぐるみを見て目を見張る。

「ち、ちがうんです……っ！　これは、その、陛下と話すためというか……っ」

頬を染めながら、フェルリナはわたわたと言い訳をする。

「先日手芸の材料が欲しいとおっしゃった時からもしやとは思っていましたが……ふふ、妃殿下が陛下のことを思ってくださって、嬉しいです」

リジアはにこにこと笑みを浮かべて頷いた。

フェルリナは赤い顔を隠すように俯くしかなかった。

「今晩のメニューと似た料理をご用意いたしました。妃殿下、どうぞお召し上がりくださ い」

「は、はい……」

目の前に並ぶ美しい料理たち。

今日のランチは、リジアたちが厨房にかけ合って用意してくれた特別製だ。

前菜をいただき、次はメイン。

ナイフとフォークを手に持ち、フェルリナはそっと鶏肉を切り分け、口に運ぶ。

音を立てないよう慎重に、ゆっくりと同じ動きを繰り返す。

美味しい。ちゃんと、味わって食べられている。

自然と緊張もほぐれ、頬も緩んできた。

ここまでの一連の流れを固唾をのんで見守るのは、給仕をしている侍女たちだ。

デザートまでいただき、フェルリナはティーカップをソーサーに置いてからそっと息をついた。

「あの……わたし、大丈夫でしたか？」

恐る恐る、フェルリナはリジアに問う。

「ええ、何の問題もございませんわ」

「ほ、本当に？」

「大丈夫です。妃殿下は、もっとご自分に自信を持ってください」

リジアが笑顔でそう言い、他の侍女たちもうんうんと頷く。

「妃殿下の所作はとっても美しいです！」

「なんの心配もいりませんよ！」

あの日、フェルリナがリジアにお願いしたのは食事の練習だった。

人前で食べることに恐怖を覚えてしまうため、今日までの食事は彼女たちに見守ってもらっていたのだ。

「皆さん、本当にご協力ありがとうございます！」

「これぐらい、大したことはありませんわ。妃殿下のお役に立てるのならば何でもしますよ」

誤解が解けたあの日から、侍女たちから向けられる眼差しはとてもあたたかいものになった。

皆がフェルリナに優しく声をかけてくれるし、食事はフェルリナの食べられる量に調整してくれた。

今日の晩餐でも、フェルリナが食べきれる量で用意するよう料理長にお願いしておくと言ってくれている。

テーブルマナーも完璧に覚えたし、料理の量も問題ない。

侍女たちとの練習のおかげで、人前でも震えることはなくなった。

あとはヴァルトを前にしてフェルリナ自身が緊張しないよう頑張るだけだ。

「それでは妃殿下、そろそろ準備をしましょう」

今日は特別なものも用意してある。

ちらりと椅子の後ろに隠してある完成したぬいぐるみへ視線を向けると、リジアが「大丈夫です、きっと陛下は妃殿下からの贈り物を喜んでくださいますよ」と耳打ちしてくる。

フェルリナの顔はぼっと赤くなった。

「は、はい。頑張ります……」

ドレスに着替えて約束の時間になると、フェルリナは皆から見えないようにぬいぐるみを抱きしめ、部屋を出たのだった。


その夜、外は酷い嵐だった。

「陛下、あの、いつもありがとうございます」

ざあざあと雨風が喚き、窓はガタガタと揺れる。

そのせいで、フェルリナが一生懸命に紡ぐか細い言葉たちは雨音にかき消されていた。

聞こえていないのだろう。ヴァルトは運ばれてきた食事に目を向けている。

(せっかく、今日こそはと思っていたのに……)

しかし、今日の目的はヴァルトと話すことだけではない。

フェルリナはいつ切り出そうかと、タイミングを見計らうためヴァルトをじっと見つめる。

「…………」

「…………おい、さっきから食べもせず何を見ている？」

「え、あっ、すみません……っ」

ヴァルトから警戒心のこもった眼差しを向けられ、フェルリナは俯く。

「ガルアド帝国での生活には慣れたか？」

「はいっ！　皆さんに良くしていただいて……」

ドゴォーン――……！

「きゃっ」

バリバリと空気を裂くような雷鳴の後、雷が落ちる音がした。

その地響きは城にまで届く。

フェルリナが驚いた衝撃で、背もたれに隠していたぬいぐるみがころりと転がり落ちてしまった。

「今のは、どこかに落ちたな。国内に被害がないか確認する」

フェルリナがぬいぐるみに気を取られているうちに、そう言ってヴァルトは立ち上がる。

「皇妃は食事を続けてくれて構わない。私は仕事に戻る」

「あっ……」

ばたんと扉が閉まり、室内には強い雨音だけが響いた。

一人残されたフェルリナは、雨が叩きつける窓の方へ視線を向ける。

(ひどい雨……大丈夫かしら)

雷が落ちた場所が市街地だったら大変だ。

大きな被害や怪我人が出ていませんように。

フェルリナは国民の無事を祈る。

一方で、何もできない自分をもどかしく思った。

形だけの皇妃は、何も仕事をさせてもらえていないのだから。

床に転がったぬいぐるみを拾い、そっとため息をつく。

(せっかく用意したけれど……)

ぬいぐるみを渡そうと意気込んでいたが、結局渡せなかった。

(最初に渡しておけば……うう、でも勇気が出なかったわ。それに今日こそは陛下とちゃんとお話ししたいと思っていたのに……)

反省点が多く、しょんぼりと肩を落とす。

次こそは渡そうと思い、フェルリナはぬいぐるみを大事に抱きしめ晩餐の間を後にした。

「今日は少し間が悪かっただけですわ。次は、陛下ともっとお話しできますよ。それに、ぬいぐるみも渡せますわ」

とぼとぼと部屋へ戻るフェルリナをリジアが隣でずっと励ましてくれる。

「で、でも、可愛すぎないかしら？　今からでも作り直した方が」

「何をおっしゃいますか！　作り直すなんてとんでもない！　こんなに愛らしいのに！」

「あ、ありがとうございます」

リジアの言葉が嬉しくて、フェルリナは笑みを浮かべた。

「それにしても、ひどい雨ですね……。妃殿下、暗いので足元に気をつけてくださいませ」

「そうですね……早く嵐が去ってくれるといいのですが……」

そうすれば、被害状況も把握しやすいだろう。

フェルリナは、まともに食事をとらずに仕事に戻ったヴァルトのことを思う。

（陛下は、大丈夫かしら……？）

そして、またピカリと稲光が走った時だった。

――光った先に、武器を手にした男が佇んでいる。

「ルビクス王国の王女には死んでもらう！」

そのまま走り出した男に鋭い長剣の刃先を向けられ、フェルリナは恐怖のあまり動けずにいた。

リジアも怖いはずなのに、フェルリナを守るために刺客との間に入る。

「妃殿下、お逃げください！」

その言葉にフェルリナはハッとする。

何もできないフェルリナが側にいるよりも、見張りの騎士を呼んだ方がいい。

それに、狙われているのはフェルリナだ。

リジアから離れた方がいい。

フェルリナはドレスの裾を持ち上げ、刺客と反対方向へ走る。

「逃がさない！」

という男の叫び声の後、リジアの悲鳴が聞こえた。

何があったのか、振り返る余裕はなかった。

何故か誰にもすれ違わない。いや、よく見れば人が倒れている。

やけに静かな理由が分かり、フェルリナは血の気を失う。

ガルアド帝国に嫁ぐことが決まった時に、人質として殺されることは覚悟していたはずだった。

しかし、いざこうして命を狙われると、怖くてたまらない。

シュッと背後から何かが頬をかすめる。

それが短剣(たんけん)だと気づき、驚いてフェルリナは転んでしまう。

早く起き上がらないと。

刺客の足音は近づいている。

怖い。嫌だ。殺されたくない。死にたくない。

心臓がどくどくと嫌な音を立てる。

(誰か、助けて……——っ！)

あまりの恐怖に耐えられず、フェルリナの意識が朦朧(もうろう)としてくる。

刺客が倒れるフェルリナにトドメを刺そうと長剣を振り上げた時——。

「曲者(くせもの)だ！　捕(と)らえよ！」

というヴァルトの声とともに、駆けつけた騎士たちが動く。

騎士の姿を見て刺客は踵(きびす)を返し、逃げ出した。

その足音と、金属の落ちるカランという音が遠く聞こえる。

隣で転がるぬいぐるみを視界に捉(とら)えながら、フェルリナの意識は途切(とぎ)れた。

フェルリナが目を覚ました時、真っ先に見えたのはヴァルトが女性をベッドに寝かせているところだった。

まさかヴァルトには恋人がいたのだろうか。

刺客に襲われていたはずだが、どうしてヴァルトと恋人の逢瀬を見ているのだろう。

混乱しつつも、よくよく見てみると、女性の髪はローズピンクで、着ているドレスにも見覚えがある。

そう、ついさっきまでフェルリナが着ていたピンクのドレスにそっくりで――。

（……って、あれは、わたし!? なんでわたしがあんなところに……？）

自分の体を見ているなんて、一体どういう状況だ。

そしてふと、周囲の物のサイズ感がおかしいことに気づく。

ベッドや調度品は、こんなに大きかっただろうか。

というか、目に見えるものすべてが大きい。

なんだか、目線もいつもより低い気がする。

（どういうこと？　ん？　赤い、リボン……？）

視界の端に赤いリボンが入り、見下ろすと、ふわふわのクマの足が見えた。

リボンにもクマの足にも見覚えがある。

しかしなぜこんなに近くに？

首を傾げていると、「妃殿下……！」という声が聞こえ、ハッと顔を上げる。

ベッドに横たわる自分（？）の側にリジアが膝をついている。

彼女も無事だったのだ。そのことに、ひとまず安堵する。

しかし、リジアの言葉の意味を理解し、今度は青ざめる。

「妃殿下」と声をかけたということは、あのベッドにいるのは間違いなく、フェルリナだということだ。

（じゃあ、今のわたしはどういう状況なの⁉）

自分の存在を確かめるように両手を頬に当ててみれば、なんとまあギリギリ頬まで届かない。

その代わり、もふっという柔らかな感触が手に伝わって。

まさかまさかと思いながら試しに手を目の前で動かしてみたら、ぽふぽふの丸っこいクマの手が動いた。

（もしかして……ぬいぐるみになっちゃった⁉）

信じられない。

しかし、そうとしか言えない状況に、フェルリナは内心でだらだらと冷や汗をかく。

まだ混乱する頭でベッドの方へ視線を向けると、診察を終えた医務官に詰め寄るリジアの姿が見えた。

「妃殿下はご無事なのですか⁉」

「体に外傷はありませんし、脈も正常に動いています。ひとまず、安静にしていれば問題はないでしょう」

実際は問題だらけなのだが、さすがの医務官でも魂の所在など分からないだろう。

医務官と話しながら、リジアは退室していく。

(ちょっと待って！　置いていかないで〜〜‼)

手を伸ばすが、短いのを忘れていたのでバランスが取れなくなり、そのままぱたりと倒れてしまう。

なんて動きづらい体なのだ！

取り残されたフェルリナは、とにかくまずいことになったと座り直し、ひとまずぬいぐるみのふりをすることにした。

自分ですら信じられない状況なのだ。

ぬいぐるみが動いているのを見られたら、最悪気味悪がられて捨てられてしまうかもし

れない。

じっとしていることが今は最善だろう。

医務官とリジアが退室すると、ヴァルトはベッドに横たわるフェルリナに近づいた。

こちらに背を向けているため、その表情は分からない。

「こういう形で皇妃の部屋を使うとは思わなかったな」

ため息とともにこぼしたヴァルトの言葉が聞こえて、ここが皇妃の部屋だと知る。

頭を動かさないように気をつけながら、フェルリナは部屋を見渡した。

深い赤を基調とし、室内に置かれた調度品には贅沢にも金が使われている。

調度品の数も、シャンデリアの大きさも、部屋の広さも、今使っている部屋とは全く違う。

フェルリナは、どうやら皇妃の部屋を与えられていなかったらしい。

やはり人質として嫁いできた元敵国の王女に、正式な皇妃の部屋を与えることはできなかったのだろう。

皇帝の居住区域まで随分距離があるとは感じていたが、理由が分かれば納得だ。

おそらくフェルリナに与えられていた部屋は、皇族の居住スペースではなかった。

だからこそ、刺客が入り込めたのかもしれない。

「……ったく、襲われろとは言ってないぞ……ん？」

ヴァルトが振(ふ)り返(かえ)り、フェルリナはぎょっとする。

明らかにこちらを見ている。

そして、ヴァルトはそのままぬいぐるみに近づいてくる。

ぬいぐるみに汗腺(かんせん)があったなら、今頃(いまごろ)びしょびしょに濡(ぬ)れていただろう。

それほどまでに、フェルリナは内心で冷や汗を大量にかいていた。

「なんだ？　このぬいぐるみは」

ヴァルトが目の前で腕(うで)を組み、こちらをじーっと見つめてくる。

ぬいぐるみのふりに徹(てっ)し、フェルリナはヴァルトと至近距離で見つめ合う。

斜(なな)めに流した前髪(まえがみ)からのぞくダークブルーの瞳(ひとみ)は、冬の夜空のように冷たくも美しい。

ぬいぐるみの素材を選ぶ時、最も悩(なや)んだのが瞳の色だった。

やはり、実物の方がよっぽどきれいだ。

（――って、見惚(みと)れている場合じゃなかったわ……捨てられたらどうしよう）

得体の知れないぬいぐるみなど、怪(あや)しさ満点だろう。

しかし、一体いつまでこの状態が続くのか。

（ど、どうしてこんなに見つめるの？　まさか、わたしがぬいぐるみの中にいること、バレてる!?　正直に言った方がいいの!?）

ぬいぐるみになってしまったことにも思考が追いついていないのに、ヴァルトと睨(にら)めっこしながらなんて冷静に考えられるわけがない。

パニックに陥っているフェルリナには、冷静な判断なんてできそうになかった。

見つめられすぎて緊張してしまい、とうとうぬいぐるみの体はぽてんと転がった。

「っと。今ぬいぐるみが勝手に動いたか？」

咄嗟にヴァルトが転がり落ちるぬいぐるみを摑む。

「ふぎゃっ！」

「……っ⁉」

やってしまった。

ぬいぐるみのまま、摑まれた衝撃でつい喋ってしまった。

フェルリナは慌てて口をパッと押さえるが、もう遅い。

ぎょっとし、ヴァルトはぬいぐるみを放す。

落とされたぬいぐるみは、ぼふっとその勢いのまま床に顔面から着地する。

「いや、ぬいぐるみが動いて話すなどあり得ない……幻覚作用のある薬でも盛られたのか？」

「そ、そんなことはしていません！」

せっかく和平を結ぶために結婚したのに、あらぬ疑いをかけられて再び戦争になどなったら大変だ。

フェルリナは起き上がって必死に首を振り、否定する。

「！　やはり動いている⁉　皇妃に似た声まで聞こえるなんてどういうことだ？」

ヴァルトは、クマのぬいぐるみに銀色に輝く刃を向けた。

――ひえっ……っ！

もう誤魔化すことはできない、とフェルリナは腹を決めた。

「信じてもらえないかもしれませんが、わたしは皇妃フェルリナです！」

「……は？」

「何故か魂がぬいぐるみに入っちゃったんです……っ！」

ヴァルトは呆気に取られた顔をし、固まった。

泣きそうになりながらも、フェルリナはぬいぐるみとして目覚めた時のことを正直に話す。

刺客に襲われて、恐怖で気を失ったこと。

次に目が覚めた時には、ぬいぐるみの体に魂が入っていたこと。

自分でも何がなんだか分からないこと。

ヴァルトはひとまず剣を収めて、黙って話を聞いてくれた。

「もしや、皇妃として私に近づき、〝古の遺品〟の魔法を使って暗殺しようとしたのか？

そして、その魔法が失敗し、暴走した……？」

「……そんなっ」

違うと否定したいが、フェルリナはルビクス王国の真意を知らないのだ。

ただ冷酷皇帝の機嫌をとるように、と送り出されただけ。

自分に魔法を使う力はないいし、何かそれらしいものを持たされたわけでもない。

――けれど、知らないうちに何か仕込まれていたのだとしたら。

だがもしそうだとしても、フェルリナ自身にヴァルトを傷つけようという意思はない。

「いや、あのルビクス王国が貴重な〝古の遺品〟を自国の外に出すとは考えにくいな」

この理解しがたい状況でヴァルトが真っ先にルビクス王国を疑うのには理由がある。


数百年前、大陸には魔法が息づいていた。

中でもルビクス王国は魔法のはじまりの国であり、魔法使い誕生の地でもあった。

しかし、変わりゆく時代の中で魔法の力は弱まり、今では失われている。

特に魔法によって権力を得ていたルビクス王国は、魔法を失ったことで一気に弱体化した――ように見えた。

たしかに魔法は失われたが、実は起源の地であるルビクス王国にのみ魔法を封じ込めた宝飾品や装身具がいまだ残っていたのだ。

――それが、〝古の遺品〟。

今や世界中で魔法を使えるのは、〝古の遺品〟を持つルビクス王国のみ。

さらに言えば、起源の偉大な魔法使いの血を引くルビクス王家の者のみが、その〝古の遺品〟を使うことができる。

どのような魔法が封じ込められているのか。

その保有数はどれだけあるのか。

どのようにして使用するのか。

ルビクス王国が持つ〝古の遺品〟に関する情報は秘匿されている。

他国が容易に手を出せないのも、その魔法を恐れてのことだった。

ただし、ルビクス王家の生まれとはいえ、罪人の子として蔑まれていたフェルリナは〝古の遺品〟など見たこともないが。

ヴァルトはフェルリナの魂がぬいぐるみに入ったことについて、〝古の遺品〟により何者かが魔法を使ったのではないかと考えているようだ。

「だが、魂がぬいぐるみに入るなど、魔法以外に考えられないのではないか？」

「それは……」

「まさか、あれが使われたのか……？」

ヴァルトがそう呟いた時、ノックの音がした。

「失礼いたします」

金茶色の髪と深緑の瞳を持つ男が入ってきて、フェルリナは体を硬直させる。

「グラン、どうだった？」

「今のところ、雷雨の被害報告はありませんでした。それと、念のため確かめてきましたが、あれも無事でしたよ」

「そうか」

額に手を当て、ヴァルトが安堵の息をつく。

「それにしても、皇帝との晩餐の日を狙ってくるとはねぇ。やっぱり、妃殿下と陛下に仲良くされると困る人間がいるんだろうね」

グランは、室内にヴァルトと眠るフェルリナだけなのを確認すると、フランクな話し方に変えた。

「……そうだな」

「これを機にオレがこの前言っていた提案、考えてみたら？」

「却下だと言っただろう」

「えぇ～。妃殿下のピンチに駆けつけたんだし、チャンスだと思うけどなぁ」

そう言って、グランはちらりと眠るフェルリナに視線を向ける。

（この人は、一体……？　というか、何の話を？）

フェルリナはぬいぐるみのふりをしつつも、目の前の光景に驚いていた。

ヴァルトを相手に砕けた口調で、冗談まで言える人がいたなんて。

それに、ヴァルトの雰囲気もグランを相手にしている時は心なしか和らいでいる。

「そういえば、刺客の件はどうだったんだ？」

「あぁ、そうだった。妃殿下を襲った刺客は、ルビクス王国王家の紋章入りの短剣を現場に残していた。王家から放たれた刺客かな。でもなんで妃殿下を狙ったんだろうね？」

（ル、ルビクス王国王家の短剣が……!?）

にこやかに告げられた事実に、フェルリナはびくりと反応してしまう。

幸い、グランはヴァルトの方を見ていて気づいていない。

「皇妃は和平の象徴だ。それを害そうとしたのだから、ろくな目的ではないだろうな」

「はぁ〜、面倒なことにならなきゃいいけど。刺客はまだ逃走中だが、そう遠くへは行けないだろう」

「そうか。早急に刺客の身柄を拘束しろ。ルビクス王国側の動きの調査もな」

「げ。オレをこき使いすぎだとは思わない？」

グランは口元を引きつらせた。

しかし、ヴァルトは気にした様子もなく、ばっさり告げる。

「思わん。今回の件が解決したら一日だけ休みをやるから、さっさと働け」

一日だけなんて短すぎる、と唇を尖らせながら、グランは出ていった。

彼の背を見送った後、ヴァルトはぬいぐるみに向き直る。

「さて。刺客はルビクス王国王家の紋章入りの短剣を持っていたそうだが……知っている顔ではなかったか？」

「い、いいえ、分かりません。暗くて、顔も隠していたようだったので……」

男だということは声や体格から分かったが、顔半分を布で覆っていたこともあり、相手の顔はよく見えなかった。

もしかして王妃からの差し金だろうか。

（他国に送ってもなお、殺したいほど憎まれているの……？）

ぞっとしてフェルリナは震え出す。

小刻みに震えるぬいぐるみを見て、ヴァルトは軽く咳払いをして言った。

「それで、自分で元には戻れそうにないのか？」

「ふぇっ⁉ えっと、分かりません」

「入れたんだから、戻れるかもしれないだろう。やってみろ」

フェルリナの返事も聞かず、ヴァルトはぬいぐるみを両手で持ち上げてベッドに下ろす。

その手が存外に優しくて、恐怖が和らぐ。

自分の体を外から眺めるのは不思議な気持ちだ。

もこもこの手を伸ばして、眠る自分の体に触れる。

――戻りたい。戻れますように。

というか、早く戻らないと後ろのヴァルトからの視線があまりにも痛い。

しばらく念じていたが、元の体に戻れそうな気配はなかった。

「……戻れません」

「駄目か」

「うう、本当に、すみません」

自分で戻ることができないと分かると、ヴァルトは再びぬいぐるみをソファに座らせた。

「確認だが、このぬいぐるみは？」

「……実は、陛下への贈り物として手作りいたしました」

照れながら言うが、ヴァルトは反対に厳しい目つきになる。

「何か細工をしていたりは……」

「そんな、細工なんてしていません！　陛下をイメージして作っただけです……！」

言ってから、あっと口を手で塞ぐ。

（言わないつもりだったのに……！）

恥ずかしすぎて顔を上げられないでいると、ヴァルトが「私をイメージして……？」と
ぼそりと呟いた。

「最近になってほとんど手つかずだった皇妃の予算が使われたのは、これが理由か」

「そう、です……」

人質であるフェルリナにも、皇妃として使えるお金は用意されていた。

ぬいぐるみの材料を選んだ時のことを思い出し、フェルリナはもしやお金を使いすぎて怒られるのかと身構える。

「事情は分かった」

存外あっさりした返事にフェルリナは拍子抜けする。

しかし――。

「この状況について、誰にも知られるわけにはいかない。君の体とぬいぐるみは私の監視下に置く」

そう言って、ヴァルトはぬいぐるみをひょいっと抱き上げた。

（えっ、えぇぇ～～っ⁉）

一瞬で、フェルリナはヴァルトの腕の中にいた。

ガルアド帝国を統べる皇帝の腕に抱かれるなんて、恐れ多すぎる。

フェルリナは内心悲鳴を上げながら、ジタバタと暴れた。

「へ、陛下⁉　お、下ろしてくださいっ！」

「こら、暴れるな。落とされたいのか？」

背の高いヴァルトの腕に抱かれているため、見下ろすと床が遠くに見える。

ここから落ちた時のことを考えて、ぞくりと身震いしたフェルリナは、暴れるのをやめた。

「で、でもっ……陛下のお手を煩わせるわけには」

「その短い足で、私の歩みについてこられると？」

「む、無理です……」

「それなら、黙ってじっとしていろ」

フェルリナは、ヴァルトの言葉にこくりと頷くことしかできなかった。

ようやく大人しくなったぬいぐるみを見て、ヴァルトは歩みを進める。

「皇妃の部屋は、私の部屋と続き部屋になっている」

説明しながら、ヴァルトは皇妃の部屋から扉一つで隣室に移動した。

「ここが私の部屋だ」

皇帝の部屋は、先ほどの皇妃の部屋よりも広く、落ち着いた色合いで統一されていた。

壁紙は深い青、大理石の床には幾何学模様が描かれ、調度品にはすべて金や銀が使われている。

「ぬいぐるみなのだから、眠るのはここで十分だろう」

部屋を見回していると、すとんとどこかに下ろされた。

天蓋付きの大きなベッドの近くに置かれた、ソファだ。

「えっ……ここで寝てもいいのですか？」

皇帝の寝室――それも、ヴァルドの眠るベッドの近くで？

「言ったはずだ。監視下に置く、と」

そう言ったヴァルトの顔は、非常に不本意そうだ。

「そ、そうなのですが、誰か信頼できる方に任されるのだと思っていました」

「この訳の分からない状況を知っているのは私だけなのだから、私が監視するしかないだろう。それに、襲われた皇妃ではなく、ぬいぐるみを見張れなどという命令を下せると思うのか？」

「も、申し訳ありません」

「まだ君への疑いも晴れていないし、ルビクス王国の関与も否定できない。すべてが明らかになるまでは、自由はないと思え」

「は、はい」

冷たい眼差しを向けられ、フェルリナの声は小さくしぼむ。

ヴァルトはぬいぐるみに背を向けて、寝台に横たわった。

（本当に、どうしてこんなことになってしまったの……）

ガルアド帝国に嫁ぐことは、価値のない王女だったフェルリナに初めて与えられた役目だった。

だから、形だけの皇妃だとしても、人質だとしても、ルビクス王国とガルアド帝国の和平のために頑張ろうと意気込んでいた。

それなのに、役に立つどころかこんな訳の分からない状況になり迷惑をかけることになってしまった。

元の体への戻り方も分からず、フェルリナはこちらに背を向けて眠るヴァルトを見つめながら、途方に暮れたのだった。

第3章 頭の中を占めるのは……

明るい陽の光を感じて、ぼんやりと意識が浮上する。

なんだか、体が軽い。

(……ん、いつもの部屋じゃない?)

視界が開けてくると、ここがいつも過ごしていた部屋ではないことに気づく。

そして、一気に昨夜の記憶が蘇る。

ヴァルトとの晩餐の帰り道、刺客に襲われたこと。

魂がぬいぐるみに入ってしまい、それがヴァルトにバレたこと。

監視のためにと、皇帝の寝室で夜を明かすことになったことを。

(……寝てしまったわ!)

監視される身でありながら、緊張感なく朝まで寝てしまうなんて。

というか、ぬいぐるみでも眠れるのか。

とにかく、フェルリナは慌てて飛び起きた。

真っ先に目に入ってきたのは、身支度をするヴァルトだ。

全身鏡の前で、白いシャツの胸元にタイを結んでいる。

皇帝でありながら、身の周りのことは自分でしているのだろうか。

「お、おはようございます」

「ん？　起きたのか。ぬいぐるみだから、起きているのか寝ているのか分からなくてかなわんな」

「すみません……っ！　わわっ」

眠ってしまった罪悪感から頭を下げると、慣れないぬいぐるみの体ではバランスが取れずにソファからころんと落ちてしまう。

なんとか起き上がろうとするが、ぬいぐるみのふわふわした短い手足ではうまく起き上がれない。

「何をしているんだ」

呆れたようなヴァルトの声がしたかと思うと、ひょいっと抱き上げられた。

その時、偶然にも全身鏡に二人の姿が映る。

目つきの悪い強面のヴァルトが、彼のイメージカラーで作られた可愛いぬいぐるみを抱いている。

（……陛下、意外と似合いますっ）

ヴァルトがぬいぐるみを抱いている姿なんて想像もできなかったが、実際に見てみると可愛い。

しかし、ヴァルトの表情は固まっていた。

眉間のしわがどんどん深くなっていく。

そして、眉間のしわに比例して、不機嫌さと恐怖も増す。

(ひぇ……)

すくみ上がっているうちに、ヴァルトにソファの上に座らされる。

「こんな姿、絶対に誰にも見せられないな」

たしかに、冷酷皇帝と恐れられるヴァルトが可愛いぬいぐるみを抱く姿など、臣下たちには見せられないだろう。

「あの、陛下……わたしは、どうすればいいのでしょう?」

ヴァルトを見上げれば、彼は口元を手で覆い視線を逸らす。

見るのも嫌なのだろうか。

悲しくなって、フェルリナは俯いた。

「……食事は?」

「はい?」

「お腹は空いていないのか、と聞いている」

「……えっと、ぬいぐるみですので、何も食べられないかと」

今の体に詰まっているのは、ふわふわの綿しかない。

空腹も感じているような、感じていないような、不思議な感覚だ。

とにかく、食べなくても平気だと思う。むしろ、食べない方がいいだろう。

ぬいぐるみの体が汚れてしまったら大変だ。

「そんなことは分かっている。だが、眠っていたからもしやと思っただけだ。もういい。私は仕事へ向かう」

クローゼットから取り出した青のジャケットを羽織り、ヴァルトは背を向ける。

「いいか、この部屋からは絶対に出るなよ」

そう言い置いて、ヴァルトは扉を閉めて仕事へ行ってしまった。

ぽつんと残されたのはクマのぬいぐるみ。

部屋から出ようにも、ドアノブには背が届かないし、歩くこともままならない。

結局は、ぬいぐるみであるフェルリナにできることなど何もないのだ。

「……いってらっしゃいませ」

届かないとは分かっていても、見送りの言葉をかける。

夫を見送るのは初めてだ。

形だけの妻ではあるが、妻らしいことをしてみたかった。

「まずは、この体に慣れないと！」

丸っこい手を上にぐっと伸ばして、フェルリナは気合を入れた。

ガルアド帝国皇帝ヴァルト＝シア＝ガルアドは、いまだかつてない問題に直面していた。

（アレは、一体何なんだ⁉）

執務机で、仕事以外のことで頭を悩ませるのは初めてのことであった。

あんなに可愛い存在がいてもいいのか……⁉

真顔をつくるのに全神経を使い、かなり疲れた。

ぎこちない動きも、きらきらの瞳も、そのすべてがヴァルトの心を揺さぶった。

ふわふわの抱き心地を思い出し、ヴァルトはハッとして首をぶんぶんと振る。

何か、何か別のことを考えよう——。

戦争に勝利し、敗戦国であるルビクス王国の王女を和平のために娶ったのは二週間前のこと。

戦後の後処理やルビクス王国との交易の整備など、考えることは山ほどある。

敗戦国の王女を娶ったことに対する貴族たちの反発だって、少なくない。

勝った者がすべてを支配する権利があると考えている者たちにとって、『和平』という方針は理解しがたいからだ。

その思想には先帝の影響がある。

ガルアド帝国は、先帝の時代に戦争によって多くの属国を得て、領土を拡大した。

しかし、そのすべてを完璧に支配できるはずがない。

今は侵略を進めるよりも属国に目を行き渡らせ、整備することが必要だとヴァルトは考えている。

戦争が続き、疲弊している民を守るために、ヴァルトは国内の安定に力を注ぐつもりだ。

(それに、魔法という未知の力をガルアド帝国が支配することは不可能だ……)

魔法が封じ込められた〝古の遺品〟を扱えるのは、ルビクス王家の血筋の者だけ。

それに、ヴァルトと側近のグランしか知らない事情もある。

だからこそ、反発する者が多い中、ヴァルトは和平の道を選んだ。

その姿勢を示すために王女を娶ることにしたが、敗戦国であるという見せしめのために皇妃は人質だという体裁が必要だった。

(でも、あのぬいぐるみの可愛さは罪……もしや、ぬいぐるみ姿で私を油断させるつもりか⁉)

元敵国から嫁いできた皇妃だ。それも、魔法を扱えるルビクス王家から。

警戒しないはずがない。

無害そうに見えるぬいぐるみだが、油断は禁物だ。

もしあのぎこちない動きや庇護欲をそそる見た目が計算なのだとすれば、かなり危険ではないか。

（となると、あまり近づかない方がいいな……）

今でさえ、あの可愛さに惑わされそうだというのに、近づけばどうなるのか。

想像するのも恐ろしい。

皇帝の心は、こんなことで揺らいでいてはいけないのだ。

「……大人しくしているだろうか」

誰にも知られず、警備も厳重だからと自分の部屋へ連れていったが、よくよく考えれば機密情報はすぐ分かる場所には置いていないが、万が一ということもある。

私的空間である。

と、そんなことは建前で、ただあの人畜無害そうなぬいぐるみがどう過ごしているのかが、気になって仕方なかった。

「……くそっ」

悪態をつき、ヴァルトは立ち上がる。

ここで考えていても埒が明かない。気にしている時間が無駄だ。

そう思い、ヴァルトは足早に自室へと向かう。

（大人しくしているか、確認するだけだ）

決して、彼女が心配だとか、気になっているわけではない。

監視のためで、それ以上でも以下でもない。

などと自分に言い訳しながら、扉を開いた。

しかし、さっと室内を確認する限り、ぬいぐるみの姿がない。

「おい、どこにいる？」

一人で中に入り、小声で呼びかけるが、返答はない。

奥の寝室にも、皇妃の部屋にも、ぬいぐるみの姿はなかった。

（まさか、逃げたのか？）

それとも、ぬいぐるみ姿でガルアド帝国の弱みでも探っているのか。

妙な苛立ちを覚えながら、ヴァルトは護衛に確認する。

「私の部屋にあったある物が消えている。何か見たり、聞いたりしなかったか？」

「陛下の私物が盗まれたということでしょうか!?　それならば、今すぐに捜索隊を編成し……」

「いや、そうではない。ただ、何か変わったことはなかったか確認したい」

「変わったこと、ですか……ランドリーメイドが入ったこと以外は、特に変わったことはありませんでした。何を失くされたのですか？　探すのをお手伝いさせてください！」

ヴァルトの不在中にランドリーメイドが入るのはいつものことだ。

部屋の見張りもぬいぐるみが一人で外に出たら見落とすことはないだろう。

（もしや……）

嫌な予感がした。

「しっかりと護衛としての役割を果たしてくれればよい。だが、今後はメイドであっても私以外をこの部屋に入れるな」

ヴァルトはそう釘を刺すと、とある場所へと走った。


「あら～、なんて可愛いぬいぐるみなの！」

「でも、埃まみれだわ」

「そうなの。皇帝陛下のお部屋で見つけた時、埃まみれで可哀想だと思って連れてきたのよ」

明るい太陽の下、ランドリーメイドたちが洗濯場に集まって、きゃっきゃと話している。

「陛下がこんな可愛いぬいぐるみを持っているなんて意外ね」

「洗剤でつけ置きして綺麗にしましょう！」

洗濯場に着いたヴァルトは、ランドリーメイドの言葉が耳に入りぎょっとする。

その中心には、今にも水桶に入れられそうな銀色のぬいぐるみがあった。

（つ、つけ置きだとっ⁉　ぬいぐるみの中には皇妃が……！）

そんなことをしたら溺れて死んでしまうではないか。

最悪の展開を想像して、ヴァルトは顔面蒼白になり叫ぶ。

「そのぬいぐるみの世話は私がする！　一切触れるな！」

突然現れた皇帝の声に驚いたランドリーメイドは、ぬいぐるみを持っていた手をパッと離し立ち上がった。

バシャン、と洗剤入りの水桶にぬいぐるみが落ちる。

（ああ……！）

動けるはずなのに、ぬいぐるみは静かに桶の中に沈んでいく。

たまらずヴァルトは駆け寄った。

「こ、皇帝陛下……！　ガルアド帝国の誉れ高き太陽にご挨拶を」

礼をとるメイドたちに構わず、ヴァルトは水桶から急いでぬいぐるみを救出する。

びしょびしょのぬいぐるみを手に、振り返らぬままヴァルトは低く告げた。

「……とんでもないことをしてくれたな。今すぐここから去れ」

「も、申し訳ありません……っ！」

ランドリーメイドたちは、皇帝の不興を買ってしまったと青白い顔で去っていく。

足音が遠ざかってから、ヴァルトは慌ててぬいぐるみに声をかけた。

「大丈夫か⁉」

ぬいぐるみは、水を吸って少し重くなっている。

くたりと動かない様子に生きた心地がせず、ヴァルトは何度も声をかける。

「おい、しっかりしろ！」

「ぷはっ……」

ようやくぬいぐるみが動いたことにほっとし、ヴァルトはその場に座り込んだ。

「げほげほ……っ」

「大丈夫か？」

ヴァルトはぬいぐるみの背を擦ってやる。

「はい、助けていただいたおかげでなんとか……。へ、陛下っ、濡れて」

濡れたまま胡坐の上にのせられていることに気づき、ぬいぐるみが慌て出す。

「それを言うなら、君の方はびしょ濡れだぞ」

ぬいぐるみの頭や体には白い泡までついている。

ぬいぐるみは自分の体をあちこち眺め、

「す、すみませんっ」

ヴァルトの脚の上から抜け出して、頭を下げた。

こうやってランドリーメイドから逃げることもできたはずなのに、どうして大人しくしていたのか。

（まさか、私の言葉を素直に守っていたというのか……？）

危機的状況だったのに、秘密を守ろうとフェルリナはぬいぐるみのふりに徹していた。

この状況を誰にも知られるわけにはいかない、とヴァルトが言ったから。

それなのに、ヴァルトはフェルリナが逃げたのかと疑ってしまった。

「君は悪くない……」

後ろめたさを感じ、ヴァルトは彼女が気にしないように言う。

いきなり部屋から連れ出され、洗濯されそうになり、怖かったことだろう。

足元に水たまりをつくり、ぬいぐるみの体は震えている。

（いや、濡れているからか⁉　早く乾かしてやらねば……）

気候はあたたかな春とはいえ、ずっと濡れたままなのは良くない。

ぬいぐるみでも風邪を引くのかは分からないが。

「とにかく早く乾かそう。まずは泡を流さなければ」

「そんな、陛下のお手を煩わせるわけには……自分でできます」

そう言って、ぽてぽてとぬいぐるみがもう一つの洗い桶に近づく。

ちゃぷん、とお風呂（ふろ）のように入って泡を流そうと短い腕（うで）で体をごしごししているが、なんだかどんどん泡立（あわだ）っているような。

シャボン玉までふわりと漂（ただよ）い、銀色のぬいぐるみの体はもこもこと泡に包まれていく。

「あれ……？」

「かっ……」

思わず、可愛いと口に出しそうになって慌てて口を押さえる。

「？」

不思議そうに首を傾（かし）げるぬいぐるみ。

（やめてくれ……）

このままではいつか、皇帝らしからぬ言葉を言ってしまいそうだ。

泡に包まれ前が見えなくなったのだろう。じゃぶじゃぶ暴れるぬいぐるみを助けるべく井戸から新しい水を用意する。

「君に任せていたら、いつまで経（た）っても泡が消えない」

ヴァルトは優（やさ）しく水をかけてあげる。

「す、すみません……」

ぬいぐるみはいたたまれなさそうにしながらも、大人しくしている。

おかげで泡が増えることはなかった。

綺麗に流し終えると、洗濯場に置いてあったタオルを持ち出して、その体にふわりとかけてやった。

そして、ヴァルト自身も服の上から軽くタオルで拭く。

「一人で拭けるか？」

「はいっ」

元気よく返事をして、ぬいぐるみの短い手足でジタバタと奮闘していたが、見事にタオルに弄ばれていた。

（可愛すぎる……）

タオルにくるまってコロコロと転がっている様子に、ヴァルトは天を仰いだ。

自分はおかしくなってしまったのだろうか。

それに、誰かに見られたらまずい。このままでは駄目だ。早くやめさせよう。

「……見ていられん」

そう言って、ヴァルトはぬいぐるみの体をタオルで包んだまま、立ち上がった。

「へ、陛下……っ⁉」

洗濯場から皇族の居住区域を隔てる庭には、小さな東屋が建っている。

アーチを描いた白い屋根と白いベンチ。

この東屋は庭の中央に建てられており、三百六十度どこからでも庭を楽しめる。

ヴァルトは、ぬいぐるみを東屋のベンチに座らせた。

「ここは？」

「皇城にある庭園の一つだ」

「とてもきれいな場所ですね」

庭園をよく見ようとぬいぐるみの頭が左右に揺れる。可愛い。

そして、その目は心なしか輝いているように見える。

(花が好きなのか？)

ヴァルトは、庭園が見やすくなるようにぬいぐるみを自分の膝にのせてやった。

まだしっとりしているが、ぬいぐるみの水気はある程度取れている。

「ひゃっ⁉　陛下⁉」

「いつの間にこんなに汚れたんだ？」

ぬいぐるみの体には、水で流しきれなかった埃がふわふわの毛に絡まってまだ残っていた。

「す、すみません……まだこの体に慣れなくて、歩こうとする度に転んでしまい……」

「そういうことか」

今朝も、一人で起き上がることすらできていなかった。

ぬいぐるみから人間の体に戻れないのなら、一人でも歩けるようにと練習するのはおかしくはない。

その様子を想像してしまい、また表情筋が一瞬緩みかけたが、長年凝り固まったそれが簡単にほぐれるはずもなかった。

(あのメイドたちにも、悪いことをしてしまったな)

ランドリーメイドが皇帝の部屋で埃まみれのぬいぐるみを見つけたら、きれいにしようとするのは当たり前だ。

まさかぬいぐるみの中に皇妃の魂が入っているなんて、誰も思わないだろう。

(それなのに、私は真っ先に彼女の無事よりも裏があるのではないかと考えていた)

疑うことと、事実を見誤ることは別物だ。

ヴァルトが心の内で反省していると、目の前のぬいぐるみがブンブンと腕を振って埃を払おうとしていた。

「うぅ～、離れて～」

自ら埃を取ろうとしているようだが、ぬいぐるみのふわふわな手では埃がくっつくばかりだ。

見かねたヴァルトは、ぬいぐるみの手にくっついた埃を指で摘まんで取ってやる。

ついでに、短い手足では届かないだろう背中や、お尻の埃も……。

「きゃあ」

ぬいぐるみはバタバタと手足を動かしてヴァルトの膝の上から逃げようとする。

「どうした⁉」

転げ落ちたら危ないので、ヴァルトは膝の上から下ろしてやった。

そして、唐突に気づく。

ぬいぐるみだから気にしていなかったが、中身は女の子だった——と。

「す、すまない」

淑女の体に許可なく触れるなど、とんだ無礼だ。

ヴァルトはばつが悪くなって謝る。

「いえ、わたしこそ……」

フェルリナはぽふぽふと自分で埃を払っている。

気まずい空気が流れ、ヴァルトは話題を変えようと疑問を口にした。

「そもそも何故、私に贈り物を？　ずっと怯えていただろう」

人質だと告げた結婚式の時も、晩餐の時も、彼女はいつもヴァルトに怯えていた。

だから、驚いたのだ。

フェルリナがヴァルトのために手作りの贈り物を用意するなんて。

必要経費以外は手つかずだった皇妃の予算が初めて使われたという報告を受けて警戒していたのに、購入品が手芸の材料ばかりだと知って拍子抜けしたものだ。

「それは……えっと、最初は、陛下とお話しするためのきっかけになればと思っていました。ぬいぐるみを作ったのは、その……陛下はいつも気を張っているように見えたので、少しでもそのお心が休まれば、と……」

結婚以来、フェルリナと言葉を交わしたのは数度しかない。

それも会話として成立していたかは怪しいものだった。

だから、フェルリナがこんなに長く話すのを初めて聞いた。

しかし、その内容だとまるで、フェルリナはヴァルトと仲良くなりたいと考えていたようではないか。

「ちょっと待て。君は、酷いことを言った私への抗議のために、晩餐の時にわざと口をきかず、食事をとらなかったわけではないのか？」

「え？　そんなことは一切ありません！　恥ずかしながら、わたしはまだガルアド帝国のテーブルマナーに自信がなくて、緊張して何も食べられなかったのです。陛下の気分を害していたようで申し訳ありません……！」

「……私をじっと観察していたのは？」

「陛下とお話ししたいと思っていたのですが、なかなか話しかけることができませんでした」

「……」

「陛下の望むような人質として頑張りたいと思っていたのに、こんなことになって……ぬいぐるみだと何もできないし、陛下にご迷惑をおかけするばかりで、本当に、申し訳ありません」

小さな声でフェルリナが謝った。

ヴァルトが人質だと言ったことに怒りを覚えず、それどころか人質として頑張ろうとしていたなんて。

その健気さに、ヴァルトの胸が締めつけられる。

「いや……君が気にすることではない」

彼女が嘘をついているようには思えなかった。

刺客に襲われたのも、ぬいぐるみに魂が入ったのも、フェルリナが望んだことではないだろう。

フェルリナは被害者なのに、自分のせいで迷惑をかけていると謝っている。

（……ルビクス王国の者は皆、こちらを見下していると思っていたが）

フェルリナからは高慢さなんて感じないし、謙虚を通り越して遠慮しすぎている。

何より、自分に冷たくしていた人間のことを思い、贈り物ができるような優しい心を持っているのだ。

ヴァルトが考えていると、ぬいぐるみが大きな瞳で見つめてきて、とんでもないことを口にした。

「もしかして、わたしが気分を害するようなことばかりしていたから、陛下は趣味の拷問をされなかったのでしょうか？」

「ぶふぉっ……！　趣味の拷問⁉」

可愛らしいぬいぐるみとは縁のない物騒な単語が聞こえてきて、思わずヴァルトは噴き出した。

「陛下の趣味は拷問だと聞いていたのですが、違ったのですか？」

「断じて違う！　というか、もし趣味だったとして、君は拷問を受けるつもりだったのか？」

「はい」

フェルリナは迷いなく頷いた。

一体誰がそんな事実無根の噂を流したというのか。

冷酷皇帝と恐れられていることは知っているものの、趣味が拷問だなんて誇張もいいところだ。

頭が痛くなってきたヴァルトは、額に拳を当てる。

「……とにかく、拷問は趣味ではないし、君にもしない」

「わ、分かりました」

フェルリナは拷問を受け入れようとしていたという。

拷問さえ受け入れようとしていた素直さには、驚くとともに心配になる。

「……体を乾かすためにも、庭を回るか？」

「いいのですか⁉」

気分転換しようと思ってそう問うと、フェルリナは瞳をキラキラさせて喜んだ。

（もしかしたら彼女は今までの女性と違うのかもしれない。それに、今はただ手のかかるぬいぐるみだしな）

仕方がないから守ってやろう——と、ヴァルトはフェルリナへの警戒心を少し緩める。

そして、再びぬいぐるみを抱き上げる時は、淑女に対するように優しく触れた。

「なあ。今の、見間違いだよな？」

「あ、あぁ。あり得ない」

城内の見張りをしていた騎士たちは、我が目を疑った。

「そ、そうだよな……陛下がぬいぐるみを抱いてるなんて、なあ？」

「疲れすぎて幻覚でも見たんだろ」

「は、ははははは……っ」

相も変わらず強面で威圧感たっぷりの皇帝陛下。

しかし、その強面の下には……皇帝の髪と同じ白銀の体を持つふわふわのぬいぐるみが抱かれていた。

皇帝と同じダークブルーの瞳は、まんまるで大きい。

去っていく皇帝の背を見つめながら、騎士たちはから笑いで先ほど見た光景を忘れようとしていた。

ヴァルトに洗濯場で救われ、庭園を案内してもらったあの日から、フェルリナのぬいぐるみとしての生活は一変した。

何せ、ヴァルトが堂々とぬいぐるみを抱いて外に出るようになったのだ。

こんな姿は誰にも見せられないと言っていたのに。

皇帝がぬいぐるみを抱いて城内を歩いている姿は、かなりの衝撃を与えていた。

ぎょっと目をむいて壁に激突した人。突然、神に祈り始めた人。

「ぎゃーっ！」と叫んで失神した人。見なかったことにしてやり過ごそうとする人。

とにかく、城内は冷酷皇帝がぬいぐるみを抱いていることに騒然としていた。

そして今、フェルリナはなんとヴァルトの膝の上で謁見の間にいる。

（うう、どうしてこんなことになってしまったの……っ⁉）

何度心の中で叫んだか知れない言葉を、今日もまたフェルリナは叫ぶ。

フェルリナの魂がぬいぐるみに入っているのは、ヴァルトと二人だけの秘密。

だから人前ではぬいぐるみのふりをしているのだが、いつ何時動いてしまうか、気が気ではないのだ。

ヴァルトの膝の上で抱かれているだけでも緊張してドキドキしてしまうのに、大事な公務の邪魔は絶対にできない。

「陛下、我が領地の鉱山で良質な鉄鉱石が採掘できましたので、献上させていただきたく……」

「妃殿下への贈り物をお持ちしました。この宝石の加工は我が領地だけの技術でして……」

謁見のほとんどは、皇帝陛下への贈り物についてだった。

時折「妃殿下」という言葉も聞こえてきて、フェルリナは少し緊張する。

結婚という慶事があったから贈り物が多いのだろうか。

人質であるフェルリナを良く思っていない貴族が多いと聞いたが、そんな自分への贈り物も用意してくれているなんて、と胸が熱くなる。

一方ヴァルトの返答は淡々としたもので、貴族たちはいまいち手ごたえを得られずに帰っていく。

「あの、陛下」

予定されている謁見の合間に、フェルリナは再度確認のためにヴァルトに話しかけた。

「なんだ」

「本当にわたしがここにいてもいいのでしょうか？」

すでに城内にぬいぐるみを抱く皇帝の噂が広まっているのか、貴族たちは訝しげに謁見の間に現れる。

まさか嘘だと思っていた人が大半で、玉座にぬいぐるみを抱いて座っている皇帝を見ては戸惑い、驚いていた。

一番戸惑っているのはフェルリナなのだが、きっと誰にも分かってもらえないだろう。

しかし、皇帝であるヴァルトがぬいぐるみを抱いていることに、誰一人突っ込む者はいなかった。

常に威圧感を放っているせいで、近寄りがたいと思われているのだろうか。

フェルリナ自身も、ヴァルトのことを怖いと思っていたから、その気持ちは分かる。

（でも、あの時から陛下と話すのが怖くなってきたわ）

フェルリナを怒ることもせず、話を聞いてくれた。

それどころかヴァルト自らぬいぐるみを洗い、埃を落とそうとしてくれた。

その後からだろうか。

ヴァルトのフェルリナに触れる手が、とても優しいものになったのは。

もしかしたら、自分が目を離していた隙に洗濯されそうになっていたことを気にしているのかもしれない。

しかし、本当にいいのだろうか。ぬいぐるみ姿とはいえ、ヴァルトの公務に同行しても。

フェルリナは皇妃であるが、人質だ。それも元敵国の。

これまで公務のことは一切言われたことがなかった。

それはガルアド帝国の内情を知られたくなかったからではないのかと思っていたのだが、

ヴァルトは事もなげに答える。

「今はただのぬいぐるみだろう。それに、これは監視のためでもある。大人しくぬいぐるみのふりをしていろ」

監視と言われては、フェルリナはそれ以上何も言うことはできなかった。

決定権などないけれど、皇妃についての用件もあるのならば、自分で聞いておいた方がいいだろう。

ぬいぐるみ姿とはいえ、本来皇妃がやるべきである公務に少しでも参加させてもらえている気がして、嬉しく思う。

これが今の自分に与えられた仕事なら、とフェルリナは再度気を引きしめた。

次は贈り物ではない謁見だった。

「陛下、先日は孤児院へのご支援をありがとうございました。突然の災害に見舞われた時は途方に暮れましたが、陛下のおかげで子どもたちに笑顔が戻りました」

白髪交じりの初老の男性が、温和な笑みを浮かべて深く頭を下げた。

ヴァルトとの晩餐が途中で終わってしまったあの嵐の日。

怪我人は出なかったが、建物の一部が損傷するなどの被害が後から出たようだ。

「復旧作業は無事に進んでいるか」

「はい。陛下のおかげでございます」

「また視察に行くとしよう」

そう言ったヴァルトの声は先ほどのような冷ややかなものではなかった。

内容によって対応が違うのは、しっかりと話を聞いて判断しているからだ。

たしかに冷ややかな対応ばかり目にすれば『冷酷皇帝』と思われてしまうのかもしれないが、実際はそうではない。

ヴァルトの側で共に過ごすうち、そのことをフェルリナは知っていくのだった。

謁見を終え執務室へ戻ると、書類の束を持った男がいた。

皇妃暗殺未遂事件の日の報告で見た彼だが、ヴァルトと公務に出るようになって毎日顔を合わせるようになった。

グランという名の彼は、ヴァルトの側近で幼馴染のような関係である、とヴァルトから教えてもらった。

ぬいぐるみを抱くヴァルトを映したその深緑の目は、大きく見開かれる。

「おいおい。最初はただの気まぐれかと思ってたけど、今日もか！　ったく、毎日ぬいぐるみを抱いて公務とか正気かよ」

貴族の誰もが突っ込めなかったことを側近のグランは平気で口にした。

（ですよね……）

内心でグランの意見に同意しつつも、フェルリナは動いてしまわないよう我慢する。

「私は正気だが？」

「いや、どっからどう見ても正気じゃないだろ」

ため息をつきながら、グランはジト目でヴァルトとぬいぐるみを見つめる。

「これって、たしか皇妃の手作りだっけ？」

「あぁ」

「本当に、何もないんだよね？」

「どういう意味だ……？」

含みのあるグランの問いに、ぬいぐるみを抱くヴァルトの手に力が入る。

（へ、陛下……!?）

急にぎゅっと抱きしめられて、フェルリナは思わず声を上げてしまいそうだった。

なんとか叫ばずに済んだものの、グランの視線はいまだにぬいぐるみに向けられている。

その目は何かを探っているようだった。

「催眠効果とか洗脳とか――魔法、とか？」

「何もない。ただの可愛いぬいぐるみだ！」

ヴァルトは速攻で否定する。

（えっ、可愛い!?）

フェルリナは、ヴァルトに可愛いと思われていたことが嬉しくて、状況も忘れて浮かれそうになる。

「いや、お前から可愛いとかぬいぐるみとかいう単語が聞こえてくることがすでにおかしいんだけど⁉」

「そんなことはないだろう」

「あるわ！　お前、可愛いものに興味なかっただろ⁉」

「……昔の話だろ」

「はあ？　まぁ、いくら見てもこのぬいぐるみに怪しいところはなさそうだけどねぇ……なんの心変わりだか……」

しげしげとぬいぐるみを眺めながら、グランは「皇妃とは仲良くしないとか言ってたくせに、贈り物をもらったら大事にしちゃってさ」と呆れたように小さく呟く。

そして、まぁいいや、とグランはヴァルトに書類の束を押しつけた。

「これ、今日中に確認よろしく～」

「ちょっと待て。お前は私の側近だろう。どこへ行くつもりだ？」

出ていこうとするグランの首根っこをヴァルトが掴んだ。

「いや、ぬいぐるみを可愛がるお前の側で仕事に集中できる気がしないから」

「それなら、これだけでも終わらせろ」

「げっ」

そんなやり取りを動かないように見つめながら、フェルリナはほっと息を吐く。

グランはなんだか目ざとく、毎日会う度に怪しまれているような視線を向けられている気がする。

グランとヴァルトのやり取りを見ることは楽しくて好きなのだけれど、彼がやってくるとフェルリナはいつも以上に緊張してしまうのだった。

本日のフェルリナはヴァルトの膝に座り、貴族議会に参加している。

一緒に連れられるようになって分かったことだが、皇帝であるヴァルトに休む暇などなかった。

基本的に朝は執務室で書類仕事、午後からは貴族たちとの謁見。

週に一度は貴族議会が開かれる。

議会に参加しているのは、帝国内の貴族たち。

長方形の議場には、重厚な樫の机がロの字型に並んでいる。

そして、上座には皇帝であるヴァルトが座り、隣には側近のグランが控えている。

「陛下は何故ぬいぐるみを抱いているのだ……？」

「もしやあのまま議会を行うのか？」

議会開始前、ぬいぐるみを膝に抱く皇帝に驚いた貴族たちがざわついていた。

（陛下、議会にぬいぐるみを連れてくるのはさすがにまずいんじゃ……）

フェルリナはさあっと青ざめる。

グランは指摘するのも諦めたように、しれっとした顔をしている。

「それでは、これより議会を開始する」

しかし、フェルリナの心配とは裏腹に、ヴァルトは開会を宣言した。

「皇室財務長官ユリクス卿、皇帝の婚姻による収支について報告を」

「はい。他国からの祝い金、国民からの祝い税はお配りした資料の通りです。内訳としましては……」

ユリクスが長々と資料に書かれた細かい数字の説明を述べていく。

フェルリナにとっても無関係ではない事柄ではあるが、まだガルアド帝国の通貨について知識が足りずよく分からない。

頭の中の勉強することリストに、通貨のことを追加した。

（せっかく同席を許していただいているのだから、内容は分からなくても陛下にお仕えする臣下たちの顔と名前は覚えよう）

そう決意し、フェルリナはとにかく顔と名前、彼らの立場を頭に入れようと観察する。

皇室財務長官のユリクスは、金色の長めの髪を後ろで結び、眼鏡をかけている。

次に口を開いたのは、帝国騎士団長ガイヤだ。大柄な体に似合う豪快な笑みと、傷のある頬が特徴的ですぐに覚えられそうだ。

彼が報告したのは、一カ月後に予定している帝国騎士団の軍事演習についての報告だった。

そして、次々と議事は進んでいく。

発言者の名前だけは聞き逃さないように、とフェルリナは集中する。

「議事は以上で終了だが、何か意見や質問はあるか？」

すべての議事が終了し、ヴァルトが声をかける。

「陛下、一つ質問がございます」

ヴァルトから一番遠い末席で、一人の男が手を挙げた。

シルバーグレイの髪を後ろになでつけ、末席でありながらも不思議と存在感を放っていた。

「グレイソン伯爵、質問を許す」

「皇妃殿下とのご結婚に際し、これだけの祝い金が納められたこと、嬉しく思います。ですが、やはり跡継ぎのことを考えますと、ルビクス王国の王女様だけではなく、大国の王女様も娶るべきではありませんか」

「皇妃は一人で十分だ」

グレイソン伯爵の進言に、ヴァルトはぴしゃりと返す。

そしてまた、別の者が手を挙げる。

先ほど呪文のような数字を読み上げていたユリクスだ。

「陛下。つかぬことをお伺いしますが、そのぬいぐるみはどうされたのですか……？」

「皇妃からの贈り物だ」

ヴァルトの言葉に、皆がざわついた。

（へ、陛下……っ！）

皇妃からの贈り物だとはっきりと答えてくれたことが、フェルリナは嬉しかった。

しかし、貴族たちは困惑気味で、微妙な空気が流れる。

「他に質問がなければ、議会は閉会とする」

その後、発言する者はなく、議会は終了した。

議会が終わり、ヴァルトは執務机にたまった書類に目を通しているところだ。

よほど集中しているのか、耳にかけていた髪がさらりと頬にかかっていることにも気づかない。

皇帝の隣で椅子に座りながら、フェルリナは思い悩んでいた。

つい先ほどの議会でのやり取りが気になってしまう。

皇妃は一人で十分だ、とヴァルトは言いきった。

ヴァルトがそんなことを考えていたとは思わず、嬉しくなる。

けれど、そのたった一人の皇妃が人質で、しかも今はぬいぐるみになっている。

（たった一人の皇妃がわたしでいいの？　わたしは、陛下のために何ができるの……？）

自分が思っていたよりも、ヴァルトはこの結婚に大きな意味を持たせていたのかもしれない。

そのことに気づき、一気に身が引きしまる。

これ以上、ヴァルトの足を引っ張りたくない。

「人質」でいるだけではいけない。フェルリナの肩書は、「皇妃」なのだ。

ヴァルトの言葉をそのまま信じるのならば、「たった一人」の皇妃なのだから――。

ぬいぐるみの体でも、皇妃としてできることをしよう。

ヴァルトのことを少しずつ知り始めたように、自分が皇妃として嫁いだガルアド帝国のことをもっと知らなければ。

「どうした？」

突然、ヴァルトが振り向いた。

「……っ！」

「何を驚いている？　人の顔をじっと見つめておきながら」

「気づいていたのですね……」

「あぁ。なんとなくだが。それで、何か気になることでもあったのか？」

書類をすべて読み終えたのだろう。

未決裁だった書類たちはいつの間にか決裁済みの箱へ移っていた。

ヴァルトは体ごとフェルリナの方へ向いて、話をする体勢をとってくれる。

こんな風にまっすぐ向かい合うと思っていなくて、フェルリナはドキドキした。

「……わたし、ガルアド帝国のいろんなところを見てみたいです」

「ほう」

「陛下とご一緒するようになって、いろんな場所の話を聞いて、その、わたしは形だけの皇妃ですが、ガルアド帝国のことを知りたいと思ったのです」

うまく伝えられたかは分からないが、フェルリナの言葉にヴァルトは頷いてくれた。

「そうか。たとえば、どんなことが知りたい？」

その声は少し硬く、警戒が見えた。

ヴァルトの中には、まだフェルリナへの疑いもルビクス王国への不信も残っているのだ。

もし、下手なことを口にすれば、今の関係も終わってしまうかもしれない。

　そんな不安な思いもあったが、フェルリナはこれまでの公務を思い出し、一番に思い浮かんだことを素直に問う。

「陛下は、どうして謁見の際、あんなにもたくさんの贈り物をもらっているのですか？」

「……は？」

「ガルアド帝国では毎日贈り物をするのが挨拶のようなものなのでしょうか？　それなのに、申し訳ありませんっ！　わたしは陛下に出会ってから贈り物をしたのはこのぬいぐるみだけで」

「待て待て。何故そうなった？」

　ヴァルトが手で制して、何やら眉間にしわを寄せている。

「君も王女なら、贈り物や献上品は毎日のように届いていただろう」

「……あっ、そ、そう、ですよね？」

　王族がそんなに物をもらうなんて知らなかった。

　そういえば、王妃や姉王女は毎日違うドレスを着ていたし、同じ物は二度と使わないと話していた。

　だからこそ、使用人に下げ渡されたドレスの生地なんかをフェルリナは分けてもらっていたわけで。

「でも、何故たくさんくれるのでしょう？」

「それぞれの思惑は色々とあるだろうが……領地の現状報告のためであったり、贈り物をして顔と名前を覚えてもらう狙いがあったりする。商売をしている者にとっては皇族が使っているというだけで宣伝にもなる」

「先日、鉄鉱石を陛下に献上していたのは、どういう目的だったのですか？」

「あぁ、オレット男爵のことか」

謁見の際にニコニコとへりくだっていた小柄な男を思い浮かべ、フェルリナは頷く。

「現状報告を兼ねたご機嫌伺いといったところだな。あの者の領地は、良質な鉄が採れる鉱山がある。採掘状況を報告するとともに、現物を献上してきたんだ。実際に実物を見なければ、報告書が真実かは分からないからな」

フェルリナに分かりやすいように、ヴァルトは説明してくれる。

「あの、鉄鉱石とはどういうものなのですか？」

「我が国の特産物でもあり、武器を作るために必要不可欠な材料だ」

「武器……あの鉄の塊が武器になるのですね」

結婚前に叩き込まれたガルアド帝国の勉強では、たしか製鉄技術に優れている国で、大陸でもガルアド帝国の右に出る国はないと教えられた。

だから、皆が武器を持っていて、何かあればすぐに血を流す野蛮な国だとも教えられたが、そちらの情報は誤りだろう。

ヴァルトに剣を向けられたことはあったが、フェルリナは斬られていないのだから。

「まぁ、鉄は武器以外にも必要なものだがな。他に君の身近にある鉱石でいうと、宝石だな」

「宝石も鉱石なのですか？」

「そうだ。もちろん、貴婦人を飾るための宝石は、特別な加工が必要だ。そういえば、その目に使っているのは、ブルーサファイアという宝石だろう？」

ヴァルトが顔を近づけて、フェルリナの――クマのぬいぐるみの目を確かめる。

「そ、そうなのですか⁉」

「なんだ、知らずに作ったのか？」

「す、すみません……並べていただいた材料の中から、陛下の目にぴったりな色を選ぶことに夢中で……」

どうりできれいな石ばかり並んでいたわけだ。

皇帝への贈り物だから、ただの石など使えるはずもない。

リジアたち侍女はフェルリナが言わずとも、高級品を取り揃えてくれていたのだろう。

「でも、やっぱり……陛下の瞳の方がずっときれいですね」

目の前にあるダークブルーの双眸を見て、フェルリナは言った。

「そんなことはない」

しかし、ヴァルトはふいと顔を逸らしてしまう。

「あの……。あと、皇妃への贈り物もあって少し驚きました」

「私の皇妃となったのだから、当然だろう」

「そ、そういうものなのですね。でも、わたしがもらってもいいのでしょうか……」

「気にしなくていい。そういえば、皇妃への贈り物は多すぎて手が回っていないと秘書官が言っていたな……」

「えっ、そんなにあるのですか⁉」

人質の皇妃が贈り物をもらうことだけでも罪悪感で胸がいっぱいになるのに、手が回らないほど大量にあるのか。

フェルリナは青ざめた。

「高価なものでしょうに、お返しをするのにもどうしたらいいのか……。陛下……、お恥ずかしながら、まだガルアド帝国の通貨や物価をよく分かってないんです……」

「返礼品については皇室秘書官に任せておけば問題ない。しかしそうか、通貨か……」

ヴァルトはふむ、と手を顎に当てる。

「お願いします！　勉強させてください。自分の周りでどれほどのお金が動いているのか知らずにいては申し訳が立ちません……！」

強い決意を示すように、ぬいぐるみの手をぐっと両手で構えると、ヴァルトはふっと空気を緩めた。

「ガルアド帝国のことを学びたいのなら、これを読むといい。私が仕事をしている間、暇だろう？」

おもむろに立ち上がったかと思えば、ヴァルトは数冊の本を持ってきてくれた。

さらに、フェルリナの目の前にサイドテーブルを移動してくれる。

「あ、ありがとうございます！」

本を開くと、様々な知識や世界が詰まっている。

ガルアド帝国に嫁ぐにあたって、こちらの言語で最低限の読み書きはできるようフェルリナには教師がついた。

しかしルビクス王国には帝国の本が少なかったので、その内容は初めて知ることばかりだ。

「もし分からないことがあったら、声をかけるといい」

フェルリナのために本を用意してくれただけでも嬉しいのに、ヴァルト自身が教えてくれるという。

（……わたし、陛下のお役に立てるようにいっぱい勉強します！）

フェルリナは早速、ヴァルトの隣で本を読み始めた。

ぬいぐるみの手ではなかなかページがめくれず、ヴァルトに時々手を貸してもらいながら。

「陛下、失礼いたします」

今日も隣で勉強していると、執務室に入ってきたのは、帝国騎士団長のガイヤだ。

「最近、春のあたたかさに頭がやられたのか、騎士たちのやる気が落ちてきています。少しでいいので、相手をしてやってもらえませんか？」

ヴァルトの剣技(けんぎ)はこの国一番のものらしい。

だからか、たまに騎士たちの士気を高めるためにヴァルトが騎士団の手合わせに参加することもあるそうだ。

もちろんヴァルトは多忙(たぼう)なので、時間が空いた時にしか参加できないのだが。

「そうだな。書類仕事もひと段落ついたし、私も体を動かしたい気分だった。早速行くか」

「ありがとうございます！」

フェルリナはヴァルトが戦っているところを見たことがない。

（陛下の剣が見られるの……!?）

少しワクワクしていると、ヴァルトは当たり前のようにぬいぐるみを抱いて連れていってくれたのだった。

そうしてやってきた、騎士たちの訓練場。

やる気がないと聞いていたのが嘘のように、ヴァルトの登場に騎士たちは興奮している。

同時に、ぬいぐるみに対しても興味津々だった。

「ほ、本当に陛下がぬいぐるみを抱いている⁉」

「あのぬいぐるみは、皇妃殿下が作ったものらしいぞ」

「可愛いなあ」

「どんな触り心地なんだろうな」

騎士たちから向けられる視線に、思わずびくりとフェルリナは震えてしまう。

あまり見られるとぬいぐるみのふりがバレてしまいそうだ。

「私のぬいぐるみをじろじろ見るな！」

震えるフェルリナに気づいて、ヴァルトがぴしゃりと言い放つ。

そして、訓練場のベンチから、フェルリナは訓練を見学していた。

「ったく、なんでオレがぬいぐるみの護衛なんか……」

ぬいぐるみの隣には、ブツブツと愚痴をこぼすグランがいる。

フェルリナの護衛のために、とヴァルトが呼び出したのだ。

「それにしても、抱き心地が良さそうだな」

「グラン！　護衛としての責務を忘れるなよ！」

グランがぬいぐるみにそ～っと手を伸ばそうとすれば、ヴァルトからの怒号が飛んできた。

「陛下こそ、ぬいぐるみにかっこ悪いところを見られないようにしてくださいよ」

「当然だ」

そう言って、ヴァルトは剣を手に取る。

グランは茶化して言ったつもりだったのだが、ヴァルトは本気の表情だった。

（陛下、かっこいい！）

青の騎士服に着替えたヴァルトは、今までに見たどんな貴族服よりもしっくりきていた。

なんと、ヴァルトは一人で複数の騎士たちを相手取るようだ。

さすがは戦場をかけてきた皇帝である。

ヴァルトが剣を構えた瞬間、空気が変わった。

人を射殺せそうなほどに鋭い視線と、無駄のない俊敏な動き。

その威圧感にのまれ、何もできずに倒される者もいた。

（初めて陛下が戦うところを見たわ）

その鍛え上げられた肉体や剣の扱い方は、他の騎士たちとレベルが違う。

あっという間に全員の剣を地面に落とし、残ったのはヴァルト一人。

「あーあ、ヴァルトったら容赦ないんだから。あんな目つきしたら皆ビビっちゃうだろ。だからモテないいんだよ」

グランの独り言を聞いて、フェルリナは内心首を傾げる。

(怖くなかったけどなぁ……)

普通の令嬢であれば恐ろしいと震えていただろう光景を見ても、フェルリナは怖いとは感じなかった。むしろ、あまりのかっこよさに見惚れていた。

「陛下、さすがですね」

「ガイヤ、もう少し騎士を鍛えておけよ」

「はは、精進します」

戦場を共にした仲なのか、ガイヤと話すヴァルトは肩の力を抜いているようだった。

それに、体を動かしたことで、どこかスッキリした表情をしている。

ヴァルトの表情はほとんど変わらないように見えるが、ずっと側にいるフェルリナにはその変化が分かるようになっていた。

皆で楽しそうに話すヴァルトを見て、ふとフェルリナは思う。

(陛下の笑顔を見てみたい……)

そう考えてハッとする。

（ご、ご迷惑をかけることはあっても喜ばせられるようなことはないわ。もう、何を考えているのかしら）

なぜか頬が熱くなった。

訓練後、軽く汗を流して着替えたヴァルトの抱き上げる手が優しくて、フェルリナはまた顔が熱くなる。

この時ばかりは、顔に変化が出ないぬいぐるみであることに感謝したのだった。

「久しぶりだったから少し疲れたな」

その夜、ヴァルトは寝室で肩を回していた。

公務に加え、騎士たちの手合わせもあったのでいつもより疲れがたまっているのだろう。相手取った騎士を全員のしたのだから、その疲労は計り知れない。

その様子を見て、フェルリナは思いつく。

「陛下、マッサージしましょうか？　この姿でもできると思うんです！」

「いや、いい」

しかし、瞬時に断られてしまう。

「ご、ご迷惑でしたか……？」

せっかくヴァルトのためにできることを見つけたのに。

フェルリナはがっくりと肩を落とす。

「ち、違う！　別に、疲れていないから大丈夫だ」

「でも、今日は騎士様たちに訓練もしていましたし……お疲れの陛下を癒してさしあげたいんです！」

「癒しは君でもう十分間に合っているが」

「え？」

「いや、なんでもない」

そう言って、ヴァルトは額を押さえる。

頭が痛いのだろうか。

（そういえば、昨日読んだ本の中で、体に疲れがたまると頭が痛くなるって……）

痛みを和らげるためには、十分な休息と睡眠が必要だとも書かれていた。

そのために、体をほぐすことは大事なのだと。

「失礼します」と言って、フェルリナはヴァルトのベッドへ跳び移る。

「お、おい。何を……」

「横になってください！」

全身でヴァルトに寝転ぶよう伝えると、ようやくうつ伏せになってくれたのだった。

ふわふわのぬいぐるみの手足が、背中でもぞもぞと動いている。

(うっ、くすぐったい……が、止められん)

ヴァルトは必死で耐(た)えていた。

今すぐ抱きしめたい衝動(しょうどう)と、くすぐったさに笑ってしまいそうになるのを。

しかし、フェルリナは一生懸命(いっしょうけんめい)なのだ。邪魔をしてはいけない。

「陛下、気持ちいいですか？」

「……あぁ」

「よかったです！」

んしょ、んしょ、と力を込(こ)めて揉(も)んでいるつもりなのだろうが、ぬいぐるみの手は柔(やわ)らかすぎて全く効いていない。

ただ、とてつもなく——そう。

(可愛すぎないか……っ!?)

ヴァルトは、心の中で叫ぶ。

うつ伏せになっていてよかった、と枕に顔を押しつけた。

「陛下、ここは、どうですか？」

腰(こし)のあたりをもぞもぞ触れながら、フェルリナが問う。

「かわ……いい」

「いい感じですか？」

――もう何をしても可愛いのだが⁉

思わずそのまま口に出しそうになっていた。いや、半分出ていた。

本当に疲れているのかもしれない。いかんいかん。

ヴァルトはいつもの冷静さを取り戻そうと、仕事のことを考える。

「そうだ、今度もしよければ視察についてくるか？」

「えっ、いいのですか？」

フェルリナが手を止めて背中を下り、ぽてぽてとヴァルトの顔に近づき、のぞき込んでくる。

まずい、せっかく気持ちを切り替えようとしていたのに、ぬいぐるみを見てしまったら――。

「マッサージを続けながら聞いてくれ」

「はっ！　失礼しました！」

枕に顔を押しつけたまま言うヴァルトに、フェルリナはいそいそと背中へ戻る。

危なかった、と気づかれないようにそっと息を吐く。

「……この前、ガルアド帝国のいろんな場所が見たいと言っていただろう？　私の仕事に付き合ってもらうことにはなるが」

「行きたいです！　でも、わたし、ぬいぐるみですけれど大丈夫ですか？」

マッサージを再開しながらフェルリナが問う。

「いや、ぬいぐるみの方が都合が良いかもしれない」

「……？」

「とにかく、決まり、だな……」

あたたかくてむずがゆいマッサージを受けながら、ヴァルトは少しうとうとしてきた。

「陛下、いつもありがとうございます。私の言葉を覚えていてくださって……」

そんな言葉をぼんやりと耳にしながら、眠りに落ちていったのだった。

「うわぁ～！　かわいい！」

「これ、皇帝陛下のぬいぐるみなの？」

「あぁ。皇妃の手作りだ」

「すごぉーい！」

小さな子どもたちに囲まれて、強面の皇帝がぬいぐるみを抱いている。

ここは、帝都にある孤児院。

嵐で大木が倒れ、施設の一部が半壊してしまったために、復旧のための支援を国に申請していたのだ。

先日謁見に来ていたのは貴族ではなく、この孤児院の院長だったようだ。

復旧が進んでいるのは本当のようで、半壊していた施設には屋根ができ、今は壁の塗装に入っているところだった。

（陛下は、子どもたちに好かれているのね）

ヴァルトの表情は普段と変わらない強面ではあるが、子どもたちは気にせずにぬいぐるみを見てはしゃいでいる。

それはきっと、ヴァルトが何度もここに足を運んでいるからではないだろうか。

顔は怖くても、子どもたちにとっては怖い人ではないのだ。

「わたしもぬいぐるみを抱っこしたいですっ！」

一人の少女が、ぬいぐるみに手を伸ばした。

しかし、ひょいっとヴァルトはぬいぐるみを上に掲げる。

「駄目だ。このぬいぐるみは私のものだからな」

ずるい、とムッとする子ども相手にも、ヴァルトは譲らなかった。

（ぬいぐるみ姿のおかげで子どもたちと和やかに交流できて嬉しいわ）

ぬいぐるみの方が都合が良いかもしれないというヴァルトのセリフは、こういう意味だったのかと腑に落ちる。

(でも、次は元の姿でまた皆と会いたいわ。今度はマスコットを作って)

孤児院の視察を終え、ヴァルトとともに馬車で城へと戻る。

馬車の振動で揺れて転んでは危ない、ということで、フェルリナは行きも帰りもヴァルトの膝の上である。

「子どもたち、とっても元気いっぱいでしたね!」

「元気が良すぎだ」

視察中、絶えずヴァルトの側には子どもたちが寄ってきていた。

その度に、威力の落ちた睨みをきかせていたヴァルトのことを思い出し、フェルリナは笑みをこぼす。

「ふふっ」

「何がおかしい?」

「す、すみません……」

フェルリナが謝ると、別に怒っていないというように、あやすように頭を撫でられた。

その手つきが優しくて、むずがゆい気持ちになってフェルリナは黙り込む。

「だが、普段はあんな風に私には近づいてこないんだ。君のおかげだろう」

「え？　でも……」

子どもたちは遠慮なくヴァルトに近づいていたように見えた。

「定期的に視察に行っても、必ず一人か二人は私の顔を見て泣き出す子がいる」

その声は少し落ち込んでいるように聞こえた。

「君が作ったぬいぐるみが、私への恐怖心を忘れさせたのだろう。だから、私もあんなに楽しそうに笑う子どもたちを初めて見た」

「それは……よかったです」

もし今、人間の体だったら、フェルリナは泣いていただろう。

それぐらい胸が熱い。

ヴァルトの役に立てた気がして、嬉しかった。

「陛下、今日は視察に連れてきてくださってありがとうございます」

「それで、どう思った？」

ヴァルトに問われ、フェルリナは真剣に考える。

「……親のいない子どもたちが、あんなにいることに驚きました」

孤児院に入っている子どもたちは、二十人を超えていた。

それに、孤児院はあそこだけではないはずだ。

子どもたちは元気いっぱいだったが、時々寂しそうな表情を見せる子もいた。

「どうしてだと思う？」

子どもたちの両親がいない理由。

家族がバラバラになってしまう理由。

中には捨てられた子もいるかもしれない。

それでも、皆が皆、そうではないだろう。

ということは、育てられない状況になったか、親が亡くなってしまったか。

そして、多くの人の命が奪われるものは、自然災害ともう一つ。

「……もしかして、ルビクス王国との戦争が原因なのですか？」

「ルビクス王国との戦争も、理由の一つだ。ガルアド帝国は、侵略戦争で領土を拡大してきた国だからな。戦争に負けることはなかったが、多くの犠牲があった」

フェルリナは、彼らにとっての敵国から来た。

ルビクス王国が奪った命の中に、子どもたちの親がいるかもしれない。

そしてもちろん、ルビクス王国にもガルアド帝国に奪われた命が多くあるだろう。

それが戦争なのだ。

「私は皇帝だ。国のために犠牲になった彼らの命に責任がある」

ヴァルトの言葉は重かった。

そして同時に、皇帝として彼が背負うものの大きさを感じた。

「だから、陛下は忙しい中でも孤児院へ視察に向かうのですね」

「あぁ。子どもたちはこの国の未来だ」

――守り、導いてやらねば。

あの元気な子どもたちの姿を思い浮かべたのだろう。

ヴァルトの空気がふっと緩んだ。

彼がフェルリナに見せようとしたのは、帝国の未来なのだ。

これから、皇妃であるフェルリナが守るべきもの。

(わたしは、和平のために嫁いできたのに……)

戦争が何故起きたのかも知らず、その影響も何も分かっていなかった。

嵐が起きたら雨風が吹き荒れ、木をなぎ倒し、建物を壊すように。

戦争が起きれば、平和な日常が壊れ、理不尽に奪われるのだ。

そして、その争いを終わらせるために和平が必要だったのだ。

これ以上、何も奪い合わずに済むように。

フェルリナは、自分の無知を恥じる。

「ごめんなさい……わたし……何も知らずに」

あんまりにも自分が情けなくて、泣きそうになりながら謝ると、ヴァルトが急に焦り出した。

「な、泣いているのか⁉　違う、君を責めるつもりで言ったのではない。ここに連れてきたのも、この国のことを知ってほしいと思ったからで……」

「……陛下、ありがとうございます。わたし、これからはちゃんと考えます」

いくら人質とはいえ、フェルリナの肩書は皇妃なのだ。

無知のままではいられない。

(陛下を支えられるような、ちゃんとした皇妃になりたい……)

これまでは人質としても、皇妃としても、何をどう頑張(がんば)ればいいか分からなかった。

それはきっと、誰かの役に立って認められたい――という自分のことだけしか見えていなかったからだ。

しかし、ヴァルトの見ている世界を知り、フェルリナの中にも具体的な何かが見え始めた気がした。

ぬいぐるみ姿のフェルリナと過ごすうち、ヴァルトの中にはとある疑問が生まれていた。

(何故、あんなにも教養がない？)

王女として育ったのならば、ある程度の教養は身につけているはずだ。

そうでなければ、社交界に出た時に恥をかくし、王女ともなれば他国の王族に嫁ぐこともあるのだから。

しかし、フェルリナは必要最低限の知識だけしか持たず、王族としての矜持もない。

献上品や贈り物、特産品や宝石のこと。

王女として過ごしてきたのなら、当然のように見聞きし、享受するものを知らない。

それでも、教えたことは理解できるし、本を読んで勉強すれば素直に取り入れられる賢さを持っている。

何度か公務に連れていっただけで、貴族たちの顔と名前を憶えているし、物覚えが悪いわけでもないのだ。

遠慮がちで、自分に自信がないことも、引っかかる。

今日は疲れたのか、ぬいぐるみは日が暮れるとくったりと動かなくなった。

どうやら眠っているようだ。

ぬいぐるみを寝室のソファにそっと置き、ヴァルトは皇妃の部屋へ顔を出した。

眠るフェルリナ本体の側には、侍女のリジアがいる。

「陛下……」

「皇妃の様子は？」

「変わりありません。妃殿下は眠ったままです」

泣きそうな顔で、リジアが答えた。

誰が何の目的でフェルリナを狙ったのかが分からないため、フェルリナが目を覚まさない状況を知るのは、ごく一部の人間だけだ。

なので、襲われた時に一緒にいたリジアが、眠るフェルリナの世話をしている。

「陛下、妃殿下の体が心配です。ただでさえ、食が細くて栄養が足りていないのに、このまま眠り続けていたら死んでしまいますわ……」

「分かっている。今、原因を探っているところだ」

フェルリナに心当たりがないとなると、ルビクス王国からの刺客が何かの魔法を使ったのだろうか。もしそうだとしたら、ルビクス王家の血筋の者が秘密裏にガルアド帝国に潜入しているということになる。

魔法を使えるのは王族のみだからだ。

なぜ王族同士なのにフェルリナの命を狙うのか？

和平を反故にするつもりなのか？

とにかくグランからの情報を待つしかない。

それに、魂と体が分離した状態が長く続けば、命に関わるのではないか。

ぬいぐるみの彼女が可愛くて、緊迫した状況を忘れそうになるが、このままでいいはずがない。

「……陛下、妃殿下のことでご報告したいことがあります」

思考に耽るヴァルトに、リジアが言いづらそうに切り出す。

「なんだ」

「……これは、私が勝手に申し上げていいことではないかもしれないのですが……」

「よい。何か知っていることがあるのなら教えろ」

リジアはごくりと唾を飲み込んだ。

「……実は、妃殿下の背中に痛々しい傷跡がありました。もしかしたら妃殿下は、ルビクス王国で酷い扱いを受けていたのかもしれません」

「皇妃の体に傷が……？　間違いないのか？」

王族の体に傷があるなど、あり得ないことだ。

戦場に出向く男ならまだしも、フェルリナは王女である。

蝶よ花よと大事に育てられてきたはずで、傷などできるはずがない。

「はい……妃殿下のためにも黙っておくつもりでしたが、もしもあの傷が今回の事件と関係があるのなら、と思い……」

言いにくそうに眉根を寄せて、リジアが話す。

陶磁器のように白く滑らかな肌。ヴァルトの手で覆ってしまえるほどに小さな顔。

ローズピンクのふわふわの髪。長いまつ毛に縁どられた大きな目。

少し力を入れるだけで折れてしまいそうな華奢な体。

倒れていた彼女を抱き上げた時は、あまりの軽さに驚いたものだ。

(もし、ルビクス王国でフェルリナの扱いが酷いものだったなら……)

フェルリナは、どんな扱いをされても問題がない王女だったのかもしれない。

だから人質として差し出せたし、殺しても問題なかったのだ。

ガルアド帝国内で殺せば、その責任をこちらへなすりつけることができるとも考えていたのかもしれない。

和平の象徴としてルビクス王国が差し出した人質は、価値のない王女だったということか――。

(帝国を馬鹿にしているのか)

はなから和平の気持ちなどなく、ガルアド帝国を騙すつもりだったのだろうか。

そうだとしたら許せない。

眠るフェルリナを見つめ、ヴァルトはぐっと拳を握った。

けれどフェルリナは、それに加担などしていないだろう。

彼女は純粋に人質としての役目を全うしようとこの国へやってきた。

それなのに、そんなフェルリナにすら傷をつけるような酷い仕打ちを……。

言いようのない怒りが、自身の内に湧いてくる。

「陛下、妃殿下は噂されるような我儘で高慢な方ではありません。妃殿下を誤解し、まともに仕事をしていなかった私たち侍女を許し、贈り物までくださった優しい方なのです。どうか、どうか妃殿下を見捨てないでください！」

リジアはとうとう涙を流し、ヴァルトに頭を下げた。

ヴァルトにとって、フェルリナはただの人質だとリジアは思っているのだろう。

ヴァルトの怒りはルビクス王国へ向けられているのであり、フェルリナに対して怒っているのではない。

だが、リジアにはフェルリナを怒っているように映ってしまっている。

皇帝に対して侍女がこのように頼みごとをするなど、本来ならあり得ない。

それだけの無礼を働いてでも、フェルリナを救いたいと思っているのだ。

すでにフェルリナは侍女たちの心を摑んでいた。

そのことにヴァルトは驚く。

だが、近くで彼女の人となりを知れば、それも当然なのかもしれない。

（彼女が噂通りの人物ではないことぐらい、私ももう知っている）

しかしそれは、彼女がぬいぐるみに入った後のことだ。

最初から先入観を捨ててフェルリナ自身を見ようとしていれば、彼女を守れたかもしれない、とヴァルトは後悔した。

「あぁ、分かっている。皇妃のことは心配するな」

ヴァルトが力強く頷くと、リジアは濡れた瞳を揺らした。

「……陛下、ありがとうございます。妃殿下もきっと、お喜びになりますわ」

涙を拭い、花瓶の水を替えてくると言って、リジアは退室した。


「陛下、失礼いたします」

皇妃の部屋にノックの音が響いた。

リジアと入れ替わるように入ってきたのは、グランだ。

「皇妃暗殺未遂事件について報告に来た。刺客は追手から逃れられないと判断したのか、自害していた。ルビクス王国との関与はまだ探っている最中だ」

「くそっ……あの時、逃がしていなければ！」

ヴァルトは悪態をつき、拳を握る。

「自害した犯人はルビクス王家の血筋の者だったか？」

「いや、調べてみたんだが、どうやら違うようだ。王家から差し向けられた刺客という線はまだ残っているけれど……」

——犯人はルビクス王家の血筋の者ではない。

つまり、魔法を使っていないということだ。

ならばフェルリナの魂はなぜぬいぐるみに？

ルビクス王家以外にも魔法を使える者がいるのか？

いや、それはあり得ない。

そんな者がいるならば、あのルビクス国王が放っておくはずがないからだ。

とにかく魔法が使われていないのならば、犯人とルビクス王国を安易に繋げて考えることは危険だと思えた。

（ルビクス王国からの刺客以外の線も考えておいた方がいいな……）

犯人のことはさておき、ルビクス王国にはもう一つの疑念がある。

「グラン、早急にルビクス王国に出向いて調べてほしいことがある」

「は⁉　ちょっと待て。オレはお前の側近なんだけど⁉」

「信用できるお前にしか頼めない」

ルビクス王国との和平に関わる、重大な案件だ。

真剣な目で言うと、グランは金茶色の髪をくしゃくしゃとかいて、大きなため息をついた。

「何を調べてくればいい？」

「皇妃がルビクス王国でどんな立場だったのか調べてきてくれ」

今ある情報だけで、ルビクス王国が価値のない王女を人質に寄こして帝国を騙したと判断しては危険だ。

和平を結んでいる以上、慎重に動く必要があるため、正しい情報が欲しい。

「分かった。それとヴァルト、冷酷皇帝がぬいぐるみを溺愛してるって社交界で噂になってるぞ。おかげで反和平派の動きが怪しい」

「あぁ。分かっている」

反和平派とは、後継者争いで、第一皇子レガートを支持していた者たちだ。

ヴァルトが皇帝になる上で、彼らは大きな障害となった。

(だが、あいつらが今更何をしようが揺らぎはしない)

第一皇子派だった者たちには、それ相応の対応をした。

財産没収、爵位の降格、身分はく奪。特に罪が重い者は処刑し、彼らが縋っていた権力はもうない。

それにより、ヴァルトは冷酷皇帝として畏れられるようになった。

しかし、第一皇子派を一掃できたわけではない。

無駄に要職に就いていた彼らすべてを排除しては、ガルアド帝国の国政に大きな影響が出るからである。

だから、グランはまだ彼らがヴァルトを排することを諦めていないと警告しているのだ。

彼らは反和平派として、ルビクス王国との和平に最後まで反対していたから。

「私のことは心配いらない。そんなことよりも、皇妃の命がかかっている」

「まだ目覚めないのか？」

グランは、ちらりと天蓋付きのベッドに視線を向ける。

ヴァルトが頷くと、グランは驚いたように目を見開いた。

側近であるグランには、フェルリナの状態を伝えている。

──さすがにぬいぐるみに入っていることは話していないが。

「妃殿下、早く目覚めるといいな」

そう言って、グランは出ていった。

先ほどのグランの忠告を反芻し、ヴァルトは大きくため息をつく。

城内の人間や貴族が動揺しているのは知っていた。

反和平派をけん制する上でも、冷酷皇帝としての仮面は必要だ。

それなのにぬいぐるみを抱いていては、いくらヴァルトが威嚇したところでその効果は激減する。

（くそっ……日に日にぬいぐるみが可愛く思えてしまう方が問題だ）

フェルリナへの警戒はもうない。

しかし、今度は彼女の純粋さを前に、普段の自分ではあり得ないことばかりしている気がする。

一生懸命ヴァルト相手に話す姿も、執務室で本を読む姿も、素直で純粋な反応も――ぬいぐるみを通して見える、フェルリナが可愛くて仕方ないのだ。

ほだされかけている自分に気づき、ヴァルトはもう一度ため息をついた。

「冷水でも浴びてこよう」

これ以上、眠るフェルリナの前で情けない姿は見せられない、とヴァルトは皇妃の部屋を出た。

うとうととフェルリナがソファの上でまどろんでいると、ガチャリと扉の開く音がした。

「陛下……？」

「あぁ、起きていたのか」

フェルリナは慌てて声のした方へ顔を向ける。

そこには、目のやり場に困る姿でヴァルトが立っていた。

上半身ははだけ、白銀の髪からは水が滴る。

軽くシャツを羽織っているだけなので、鍛えられた肉体が見えてしまう。

ちらりと見えた腹筋は、暗がりでも分かるほどきれいに六つに割れていた。

（……――っ⁉）

素肌が見える格好に、フェルリナは声にならない悲鳴を上げた。

ヴァルトは今まで、フェルリナの前でこんな姿を見せたことがない。

「へ、陛下っ！　ふ、服を……」

着てください、と声にならない声でお願いする。

フェルリナは焦りすぎて、ヴァルトから目を離すこともできなかった。

「あぁ」

自分の格好に気づき、ヴァルトがシャツのボタンを留め始める。

ふと、フェルリナはヴァルトの体の傷に気づいた。

「陛下、その傷は……？」

今まで衣服によって隠れていたので知らなかったが、ヴァルトの体には、大小様々な多くの傷跡があった。

照れていたことも忘れて、フェルリナは思わず聞いてしまった。

「あぁ、これか。戦場で負った傷もあるが、ほとんどは私を即位させたくなかった者たちがつけた傷だ。もちろん、返り討ちにしてやったがな」

その言葉を聞いて、フェルリナはハッとする。

彼は多くの戦場を経験してきた人だ。

ルビクス王国との戦争でも、彼の戦場での活躍は恐ろしい噂とともにフェルリナの耳にも届いていたほど。

孤児院への視察の時、「犠牲になった命に責任を持つ」と話していた彼を思い出す。

ヴァルトは犠牲になった彼らと同じ戦場にいたのだ。

命を奪い、奪われる戦場に。

「まだ傷は痛みますか？」

「いや」

ヴァルトは首を振ったが、フェルリナには嘘だと分かる。

いくら傷が治ったとしても、傷ついた時の心の痛みはどうしても疼く時がある。

フェルリナ自身、ルビクス王国で王妃に躾だと鞭で打たれた痛みを時折思い出す。

その度に自分の無力さに悲しくなって、苦しくなる。

ヴァルトは、フェルリナよりも多くのものを背負い、多くの傷を負ってきたのだ。

その痛みはどれほどのものだっただろうか。

「陛下が生きていてくださってよかったです」

フェルリナは、シャツで隠れてしまった傷跡に、ふわふわの手でそっと触れた。

「どうか、陛下がこれ以上、傷つきませんように……」

頭上でハッと息をのむ音が聞こえた。

その直後、フェルリナの体はヴァルトにぎゅうっと抱きしめられていた。

抱き上げられたり、膝の上にのせられたりしたことはあっても、こんな風に抱きしめられるのは初めてだった。

「君は、優しいんだな」

「……優しいのは陛下の方です」

「そんなことを言うのは君くらいだ」

フェルリナの中に、ヴァルトへの恐怖心はもうなかった。

最初は、冷酷無慈悲な皇帝の噂話を聞いていたから、とても恐ろしかった。

冷たく睨まれたことも、剣を向けられたことも。

しかし、今は分かる。

ヴァルトは理由もなく人を傷つけるような人ではない。

彼は、ぬいぐるみ姿のフェルリナのことを監視とはいえ守ってくれて、自国では許されなかった勉強までさせてくれる優しい人。

フェルリナのことを認めてくれて、側にいてくれる。

彼の側で初めて、フェルリナは守られることを知ったのだ。

「……ぬいぐるみなのに、不思議とあたたかいんだな」

「それはきっと、陛下の体が冷えているからですよ。たくさん、あたたまってください」

「あぁ、そうさせてもらう」

耳元でヴァルトの低い声がしたかと思うと、ふわふわのぬいぐるみの体に顔を埋められた。

抱擁していのだから距離が近くて当然なのだが、早速前言撤回したくなった。

ドキドキしすぎて心臓が持ちそうにない。ぬいぐるみに心臓はないが。

すると、ヴァルトはフェルリナを抱いたまま、ベッドへと向かう。

「へ、陛下……？」

「少し話し相手になってくれないか？」

困ったような顔でそんなことを言われて、断れるはずがない。

仕方なくフェルリナはヴァルトの隣に座る。

「あまり人に話すことではないのだが……皇妃である君には知っていてほしい」

「……はい」

ヴァルトの声は硬く、何か大事なことを話そうとしているのだと気づく。

フェルリナも覚悟を決めて、頷いた。

「私の父――先代皇帝は、領土を広げることに心血を注いでいた。侵略戦争を繰り返し、自国にないものはすべて奪えばいい、と考えていたんだ」

苛烈な思想に、フェルリナは目を見張る。

しかし、それがガルアド帝国で実際にあった歴史なのだ。

ガルアド帝国の皇妃であるフェルリナが目を逸らすことはできない。

「だからこそ、父は後継者にも帝国を強くする者を望んだ。多くの子をもうけ、争わせ、生き残った者が次期皇帝だと」

後継者争いで最も有力とされたのは、皇后が産んだ第一皇子レガート。

他にも側室や愛妾が産んだ皇子や皇女もいたが、皆第一皇子派に暗殺されるか再起不能に追い込まれたのだという。

「側妃だった私の母は、帝国内の有力貴族の娘だというだけで選ばれた。優しい母も幼い頃の私も皇位になど興味はなく、ただ平穏に暮らせればそれでいいと思っていた」

そう言って、ヴァルトは小さく息を吐いた。

「だが、第二皇子である私を危険視する者は多く、暗殺されかけた私を庇い、母は死んでしまった」

それは、ヴァルトが八歳の時のことだった。

事故を装った暗殺。ヴァルトも傷を負ったが、生き残った。

「私は他人のものを奪って手にする幸せなどないと思っている。奪うことしかしない父や兄のやり方は許せなかった。それに、無暗に拡大した領地は放置され、一気に増えた属国も含め国内は荒れ――このままでは内乱で国が滅ぶと思った。しかし兄はそれに気づかず戦争を続けるだろう。国を守るためには、もう自分が皇位を手にするしかなかった。だから、私は第一皇子派を潰すことにした」

「でも、どうやって……？」

八歳の子どもに何ができたというのだろう。

「あぁ、ソーラス伯爵家のおかげだよ。ソーラス伯爵家は、私の側近グランの家だ。彼らの頭脳を借りて、皇位を奪うことができた」

ヴァルトに気さくな態度をとるグランのことを思い出し、彼らの信頼関係の強さの秘密を知る。

「第一皇子はどうなったのですか……？」

「殺してはいない。第一皇子は国外追放し、第一皇子派の筆頭だった前皇后は幽閉している。第一皇子派のほとんどを排除して、私は皇帝となった。冷酷皇帝の噂通り、邪魔者は消してきた」

自嘲気味に、ヴァルトは言った。

そして、じっと黙っているフェルリナに問う。

「私の側にいるのが怖くなったか？」

フェルリナはすぐに首を横に振る。

ヴァルトはフェルリナ相手に、皇帝になった理由と真実を話してくれた。

彼が歩んできた辛く重い過去の痛みは、簡単に理解できるものではないだろう。

それでも、その痛みに寄り添っていきたい。

「陛下の信念や目指すものは素敵だと思います！」

王女として、王族のあるべき姿も知らないフェルリナには、治世者の考えなんてもっと分からない。

何が正しくて、何が間違っているのか。

もしかしたら、国のためには領土を拡大していった方が良いのかもしれない。

戦争によって領土を拡大してきた国で、戦争とは違う方法で国を強くするのはきっと難しいから。

しかし、奪うことで得られるのはどれほどのものなのだろう。

（わたしには、分からない……でも）

孤児院に視察に行った時のこと。ヴァルトが皇帝になるまで歩んできた過去。

そして、一緒に過ごすうちに知ったヴァルトの姿が頭に浮かぶ。

ヴァルトは、奪われる痛み、喪う悲しみを知っている。

戦争で犠牲になった人たちの命に責任を持ち、傷跡から目を逸らさない。

国の未来である子どもたちを守り、導こうとしている。

その姿は眩しくて、かっこいいと思う。

「わたしは、ガルアド帝国の皇帝が陛下でよかったと思います」

フェルリナの言葉に、ヴァルトが固まった。

「あっ、す、すみませんっ、わたしなんかが偉そうに……」

名ばかりの皇妃で、人質という立場のフェルリナに言われても、説得力なんてないだろう。

慌てて頭を下げようとすると、バランスを崩してベッドから落ちそうになる。

こてん、と転がり落ちそうだったところを受け止めてくれたのは、ヴァルトだ。

「私は、戦争によってルビクス王国の者たちの命を奪った敵国の人間だぞ。それでも？」

「……それを言うなら、ルビクス王国も同じです。でも、陛下は敗戦国であるルビクス王国との和平を選んでくださったではありませんか」

フェルリナが返すと、ヴァルトはため息をついた。

「やっぱり君は、本当に何も知らずに嫁いできたんだな」

「え？」

ヴァルトの言葉に、ドキッとした。

フェルリナが何も知らずに嫁いできたことは事実ではあるが……。

（もしかしてわたし、何かまずいことでも言ってしまったの？）

驚いて次の言葉が出てこないフェルリナを見て、ヴァルトは軽く首を振った。

「いや……そろそろ寝るか」

「は、はい……」

ヴァルトはそれ以上追及することなく、ベッドに横たわる。

ヴァルトの眠りを邪魔してはいけない。

そう思い、フェルリナはそ〜っと離れようとしたのだが。

「どこへ行く？」

「あの、いつものソファへ」

「一人では無理だろう」

「で、でも、ここで眠るわけにはいきません。それに、わたしはぬいぐるみなので、どこでも大丈夫ですっ！」

しかし、ヴァルトの腕が伸びてきて、フェルリナはあっさり捕まってしまう。

「いいから側にいろ」

ヴァルトはフェルリナを抱き枕のようにしっかり抱いて、目を閉じた。

(もしかして、このまま眠るの――っ!?)

さすがにぬいぐるみとしてでもヴァルトと同衾するのは恥ずかしすぎる。

しかし、すでに目を閉じて眠る体勢に入っているヴァルトを起こすこともできず、フェルリナはじっと固まっていた。

向かい合うようにして抱きしめられているせいで、ヴァルトから目を逸らすこともできない。

至近距離には怜悧（れいり）な美貌（びぼう）。髪と同じ白銀のまつ毛はとても長く、すっと通った鼻筋に、形の良い唇（くちびる）。

噂されていたような怪物（かいぶつ）とは程遠（ほどとお）い、神々（こうごう）しいまでの美しさ。

そして何より、ヴァルトの腕の中はとてもあたたかかった。

「……陛下のことが怖いわけなんてありません」

そっとヴァルトの頬に手を添え、フェルリナは呟く。

たくさんの傷を抱（かか）えるヴァルトが、今だけでも癒されるようにと願いを込めて。

「おい、最近の陛下はどうされたんだ？」

「あぁ、ぬいぐるみのことか」

「たしか、皇妃の手作りだと聞きましたな」

「しかし、肝心の皇妃と一緒にいる姿は見たこともない」

「そういえば、聞いたか？　皇妃が賊に襲われたって……」

「皇妃の容態は？」

「誰も知らない。そもそも、本当に襲われたのか？」

貴族議会前、とある場所に集まった貴族たちはざわついていた。

皇帝は、敗戦国の王女を人質として娶った。

和平の象徴とは名ばかりで、どちらの国が優位であるかは明らかである。

だから、格下の敗戦国から嫁いできた王女など、大切にしなくともよい。

和平という形だけを保っていればいいのだ。

他に皇妃に相応しい令嬢や王女は多くいる。

当然ながら、皇帝であるヴァルト自身もそのように考えているだろうと貴族たちは思っていた。

しかし最近になって、皇帝は皇妃が作ったぬいぐるみを抱いて公務に励むようになった。

「……もしかして、あのぬいぐるみに陛下は惑わされているのでは？」

誰かが言った一言に、皆が息をのむ。

ルビクス王国は、失われた魔法が唯一残る国だ。

理解しがたいこの現象に理由をつけるとすれば、魔法のせいとしか言いようがない。

「ルビクス王国が素直に和平に応じたのも、陛下を裏で操るためだったのではないか？」

「そんな姑息な真似をする国との和平を守る必要などない！」

「そもそも、皇妃は人質ではないのか⁉　好き勝手やらせるわけにはいかんぞ」

「レガート皇子が皇帝になればこんなことにはならなかっただろう」

「あぁ、そうだ。レガート皇子ならば、ルビクス王国など徹底的に支配していたはずだ」

国外追放となった第一皇子の名が出たことで、皆の心に火が灯る。

「冷酷皇帝の名が廃る。陛下は国内の安定が第一だと他国への侵略には消極的だ」

「ガルアド帝国の誇りは強力な武器と戦力ではないか！」

「そうだそうだ！」

自らは戦場に出たこともない者たちが、戦争を語っている。

（はぁ……だから言ったのに）

ルビクス王国の調査から帰ってきたグランは、貴族たちの怪しい動きを察知してその後をつけていた。

皇帝への不信を焚きつけているのは、ルビクス王国との和平に反対していた反和平派。

以前はヴァルトと真っ向から敵対していた第一皇子派でもある。

（こいつらもまとめて消せればよかったんだけどな）

厄介なことに、第一皇子派というのは帝国の中枢を担う高位貴族が多かった。

彼らを一網打尽にすれば、他の貴族たちが反乱を起こしただろう。

だから、ヴァルトの治世が安定するまでは、泳がせておくことにしたのだ。

そうして少しずつ、少しずつ、第一皇子派の貴族の席を奪っていくつもりだ。

しかし今、追い詰められている彼らは反和平派の仲間を増やそうとしている。

（オレの仕事がまた増えそうだな……）

グランはがっくりと肩を落としながらも、口元には楽しげな笑みを浮かべていた。

自分の体ほどの大きな本を、キラキラした瞳でぬいぐるみが一生懸命に読んでいる。

時折、丸いフォルムの頭を傾げてみたり、頬に手を当てて悩んでいたり、そうかと思えば嬉しそうに足をぶらぶらさせたり。

その仕草一つ一つがただただ愛らしくて、可愛くて。

(見ていて飽きないな)

ヴァルトは無表情のまま、内心でふっと笑う。

フェルリナのことばかり見てしまい、執務机の書類の山はちっとも片付いていなかった。

「陛下っ、あの!」

「どうした?」

「その、この図形の意味がよく分からなくて……」

「あぁ、どれだ?」

彼女から声をかけられるのを待っていたかのように、体は素早く動いた。

今、フェルリナが読んでいるのは、大陸の地理についての本だ。

「大陸地図だということは分かるのですが……見方がよく分からなくて」

「ガルアド帝国は分かるか?」

「えっと、ここ、でしょうか?」

フェルリナは、地図上で『ガルアド帝国』と記載された場所に手を伸ばす。

しかし、丸っこいぬいぐるみの手では細かい地図の場所を指すことができていない。

「この大陸の中心に近い位置にあるのがガルアド帝国だ。この記号は山岳地帯を、これは川、これは森——といったように、大陸全体の地形を示しているんだ」

「そうなのですね！　では、これは何ですか？」

「あぁ、それはグラパレス王国の雪山だな」

大陸の最北端にある雪国——グラパレス王国。

現在、グラパレスはガルアド帝国の属国となっている。

「雪……？」

フェルリナが不思議そうに問う。

そういえば、ルビクス王国はあたたかな気候だから、滅多に雪は降らない。

「雪は、空から降る白くて冷たいものだ。あまりに空気が冷たいと雨が凍って雪になる。雪山は、その名の通り雪に覆われた山で、白銀の世界は美しいが、実際に登るのは大変だったな」

「陛下は雪山に登ったことがあるのですね！」

「まぁな」

「わたしも雪山を見てみたいです」

「いや、やめておいた方がいい。雪山は訓練をしている騎士でさえ命を落とす危険な場所だ」

ぬいぐるみならば大丈夫かもしれないが、華奢なフェルリナの体を思い出せば、とてもではないが連れていけない。

「雪山へ行かずとも、ガルアド帝国の冬も雪は降るぞ。城の庭園が一面雪景色になるのはとても美しい。その時は、一緒に見に行くか？」

「良いのですか⁉　嬉しいです！」

声を弾ませ、喜んでくれるフェルリナが、とにかく可愛い。

素直で純粋なフェルリナの心に触れるうち、ヴァルトは凍りついた自分の心が溶かされているのを感じていた。

彼女の側は、なんてあたたかいのだろう。

常に人を警戒し、疑い、時にはその命を奪う殺伐とした日々を生きてきたヴァルトには、こんな風にまっすぐな心を向けることはできない。

自分を傷つけようとした人間に優しくなんてできない。

――陛下がこれ以上、傷つきませんように……。

あの時、フェルリナの優しい手が傷跡に触れた時。

母を喪ってから、ずっと抑えつけていた様々な感情が湧き上がった。

後悔。絶望。怒り。悲しみ。

逃げようとしなければ。最初から戦おうとしていれば。

古傷を見る度に、己の弱さを思い出していた。

もっと強く、誰にも隙を見せないように。

それでも、心のどこかで求めていたのかもしれない。

この痛みに、悲しみに、寄り添ってくれる誰かを。

あの瞬間、ヴァルトはたしかに救われたと感じた。

だからこそ、自分の話をしたのだ。

「君の愛称はなんだ？」

「え？」

突然のヴァルトの質問に、フェルリナはきょとんとしている。

「なんだ、その、ぬいぐるみを皇妃の名で呼ぶわけにもいかないだろう。だから、愛称で呼ぶのはどうかと思っただけだ」

「……愛称、とはどういうものでしょう？」

「身内や親しい者同士で呼び合う名のことだ。もしかして、愛称がなかったのか？」

フェルリナはこくりと頷いたきり、俯いてしまった。

「ま、まあ私にも愛称はなかったがな。わざわざ略さずとも短い名だしな」

落ち込ませるつもりはなかった。

ヴァルトは慌てて言い募る。

「そうだ。『ルー』というのはどうだ？　私と君の名から音をとって」

「はい！『ルー』がいいです！」

表情が変わらないはずのぬいぐるみなのに、ヴァルトには彼女がぱあっと笑みを浮かべてくれたように見えた。

「ルー」

「はい、陛下」

愛称を音にのせただけで、なんだか面映ゆい心地になった。

しかしそれ以上に胸があたたかくなって、思わずぬいぐるみに手を伸ばした時――。

バタン！　と突然執務室の扉が開いた。

「陛下、寵愛するならぬいぐるみじゃなくて、妃殿下にしてくださいよ!?」

皇帝の執務室に入ってくるなり、グランはヴァルトに詰め寄る。

ヴァルトの隣には、噂になっている白銀の体とダークブルーの瞳を持つぬいぐるみ。

不自然に胸の前で腕を曲げたポーズで固まっている。

ぬいぐるみの目の前には本が広げられていて、まるでついさっきまでぬいぐるみが読んでいたような構図だ。

「グラン、帰ってきていたのか」

「あれ？　このぬいぐるみ、中に針金か何か入っていましたっけ？」

そう言って、グランが確かめるためにぬいぐるみに触れようとするが、

「グラン、指一本でもルーに触れてみろ。お前でも許さないぞ」

その手を、がしっとヴァルトは摑んで言う。

（くそっ、グランの奴め……目ざといな）

内心で冷や汗をかきながらも、ヴァルトは平静を装う。

ヴァルトはぬいぐるみをさっと抱いて、グランの背後のソファに移動した。

「う～ん？　まぁいいや」

グランは不思議そうに首を傾げたが、すぐにヴァルトに向き直った。

「ルビクス王国と和平を結ぶことを強行したのは陛下なのに、皇妃と一緒の姿をまったく見せていないじゃないか。ルビクス王国との和平は本当に必要だったのか。ぬいぐるみを抱く陛下の頭は大丈夫なのかって、問い合わせがいくつも皇室秘書官のところに届いてる」

ちらりとぬいぐるみの方を見て、グランはもう一度ため息をついた。

「この間は皇妃のことを心配していたのに、ぬいぐるみに愛称までつけ

て呼んでいるところを見ると、オレも心配になってきたよ」

「私は大丈夫だ。それに、皇妃のことは大事にしている……その、毎晩様子を見に行っているしな」

歯噛みしながら、ヴァルトは答える。

実際は一日中側にいて、ヴァルトはこれ以上ないほどにフェルリナのことを大事にしているつもりだ。

本体のフェルリナの様子も毎晩見に行っているし、何か変化があれば報告するようにリジアには伝えている。

しかし、傍から見れば皇妃を放置してぬいぐるみを溺愛している皇帝だ。

（……ぬいぐるみが皇妃なのだと言ってしまいたいっ！）

だが、それこそ頭がおかしくなったと思われてしまうかもしれない。

まだこうなってしまった原因も分からないのだから。

「それで、頼んでいた調査はどうだった？」

納得していないような顔をしながらも、グランは報告を始めた。

「はいはい。まずは、皇妃暗殺未遂事件だが……刺客が持っていたルビクス王国王家の紋章入りの短剣は、戦利品の中から盗まれたものだと分かった。はい、これ報告書」

グランから手渡された報告書に一通り目を通す。

「戦利品が盗まれていたということは、犯人はルビクス王国の者ではない線が濃厚になったな。他にも紛失している物がないか確かめてくれ」

「ああ。それと、ルビクス王国は戦後の処理と和平交渉の事後処理に追われていて、まだこっちに手を出す余裕はなさそうだったから、騒ぎを起こすとは考えられないかな」

「……もしも国内の者の犯行だとしたら、黒幕は反和平派か？」

「まだ断定はできないが、おそらく。噂話を広めているのもあいつらだろうし」

「そうか……」

今回の件に、ルビクス王国は関わっていないようだ。

フェルリナの言葉の裏付けができて、内心でほっとする。

しかし、それはそれで疑問が残る。

（反和平派が魔法を使えるはずもない。それならどうして、彼女の魂はぬいぐるみに？）

あれから数週間経ったが、フェルリナが元の体に戻る気配はない。

皇妃暗殺未遂事件とぬいぐるみの件は別物だと考えた方がいいかもしれないということか。

「まぁ、帝国で発見された〝古の遺品〟の所有権を主張して一方的に開戦してきたのはルビクス王国だし、和平をよく思わない貴族や国民は多い。そこを味方につければ、権力を失いつつあった第一皇子派が再び勢力を拡大してくる可能性は十分にある……だから、ぬいぐるみに現を抜かしている場合じゃないですよ、陛下？」

「ああ、分かっている」

――そう、たびたびヴァルトが気にしていた『あれ』とは、帝国が持つ〝古の遺品〟のことである。

二年前、鉱山の発掘作業中にガルアド帝国で〝古の遺品〟が発見された。

するとどこで情報を仕入れたのか、ルビクス王国はその〝古の遺品〟を返せと要求してきた。

さらには、〝古の遺品〟が出土した鉱山はルビクス王国のものだ、と。

そんな無茶な要求はすぐに却下し、無視したが、その後、ルビクス王国から宣戦布告があったのだ。

約一年の戦争の後、降伏宣言を受けて、ヴァルトはルビクス王に会いに行った。

何故、ルビクス王国が戦争を強行して〝古の遺品〟を手に入れようとしたのかが気になったからだ。

争いのもとになるようなものならば、〝古の遺品〟など破壊してしまった方が良いのではないか。ヴァルトは最初、そう考えていた。

そもそも、ヴァルトは魔法が本当に存在するのかすら疑問に思っていたのだ。

『ガルアド帝国を滅ぼしたいのなら好きにすればいい』

ルビクス王はただ、感情の見えない笑みを浮かべてそう言った。

どういう意味だ――いや、ただの負け惜しみだろう。

だが、そう吐き捨てられない空気がその場には漂っていた。

『〝古の遺品〟は、ルビクス王家の者でなければ破壊することができない。もし、何の関係もない人間が破壊しようと触れれば、呪いが広まるだろう』

その言葉こそ、呪いのようだった。

『返さぬというのなら、せいぜい壊さぬよう、大切に保管することだ』

とうとう堪えきれないといったようにルビクス王は笑い出した。

それならば何故、戦争でその呪いのような力を使わなかったのか。

ヴァルトの問いに、ルビクス王はただ笑みを浮かべるだけだった。

未知なる魔法の恐ろしさを感じ、まるで戦争に勝たせてもらったかのような錯覚にさえ陥る。

ルビクス王国という劇物を支配することなどできるだろうか。

いまだ帝国内にも反乱分子を抱えているというのに。

ルビクス王国を狙う国々が、なかなか手を出せずにいた理由が何となく分かった。

しかし、それならば尚更、他国へのけん制として、訳の分からない魔法も味方につけてしまえばいい。

そのために、ヴァルトは和平を持ちかけたのだ。

人質としてルビクス王国の王女を差し出すことを条件に。

（ルビクス王家の者がいれば、帝国内にある〝古の遺品〟を扱うこともできるだろう）

それに、ガルアド帝国の皇族にルビクス王家の血を入れることで、いずれこちらも魔法を扱えるようになるのだからルビクス王国は脅威でなくなるはずだ——と。

その他、貿易や政治はガルアド帝国にとって有利な条件で和平条約を結んだ。

これ以上の争いはルビクス王も望んではおらず、和平のための手続きは表向き何の問題もなく進んでいった。

皇妃となったフェルリナが刺客に襲われるまでは。

「それと、皇妃が襲われた件について、ルビクス王国にはまだ知られていないようだったよ」

グランの言葉に、ヴァルトはほっと息を吐く。

「犯人が帝国の者だとしたら、捕まえて罰を受けさせるまではルビクス王国に知られるわけにはいかない。こちらが和平を反故にしたと思われては困る」

「そうだね。あえてルビクス王国王家の紋章入りの短剣を持たせて犯行に及んだわけだから。反和平派はルビクス王国のせいにする気なのかもしれない」

「いかにも奴らの考えそうなことだ。この和平の意味も知らないで……」

「ほんと、余計なことをしてくれるよね～。いっそのこと、まとめて潰しちゃう？」

「できることならそうしたいがな。反和平派には古参の貴族が多い。強硬手段をとって、反乱でも起こされれば厄介だ。こちらはあくまでも正攻法で攻める」

反乱を起こすのは貴族だとしても、巻き込まれ、傷つくのは帝国に住む民たちだ。

反乱の火種になるようなことは避けたい。

それに、陰でコソコソと細工をするのが、ヴァルトは好きではない。

人生の大半を陰謀に巻き込まれてきたため、もううんざりなのだ。

「頭が固いというか、変なところでお人好しというか……あんな奴ら、適当な罪をでっちあげてでも排除すればいいのに」

はぁ、とグランが盛大なため息をついた。

「お前の働きには助けられている。礼を言う」

ヴァルトが本気で感謝の気持ちを伝えたのに、グランはぽかんと間抜け顔になる。

「あ～もう、こんな強面で悪役顔が似合うくせに、なんでこうもまっすぐなんだろうな！お前は！」

「別に私はまっすぐなわけではない。あいつらと同じになりたくないだけだ。というか、私の顔はそんなに怖いか？」

「怖い。その顔で冷たく睨まれて、酷い言葉でも投げかけられたら、か弱い女性だと失神するんじゃない？　まさか、妃殿下はそのせいで目覚めないんじゃないのか？」

「………」

フェルリナの心と触れ合うようになったのは、ぬいぐるみに入った後からだ。

それ以前の自分が彼女にどんな態度をとっていたのかを思い出すと、さあっと血の気が引く。

「お～いっ、冗談だって。本気にするな！」

茫然としていたヴァルトの目の前で、グランが両手を振る。

「あぁそうだ。もう一つ、妃殿下のことだけど……」

「待て！　それ以上は別室で聞く」

「は？　何で……」

「いいから、来い」

ヴァルトは慌てて立ち上がる。

明らかに不自然だが仕方がない。

（私が彼女について調べていたことを知られたくない）

ちらりとソファに座るぬいぐるみを見て、ヴァルトは執務室を出た。

「それで、皇妃の件は？」

「いやその前に、なんでここ？」

「誰かに聞かれたら困るだろう」

二人がいるのは、皇族が密談をするための隠し部屋である。

聞かれるも何も、執務室に他にいたのはぬいぐるみだけだっただろうとグランは訝しがる。

しかしヴァルトは至極真面目な顔だ。

「まあいいや……どうやら妃殿下は使用人の子だそうで、ルビクス王国では価値のない王女だと相当虐げられていたみたいだね」

「どういうことだ？　使用人の子だとしても、彼女はルビクス王の子なのだろう？」

「あぁ。妃殿下はたしかにルビクス王の血を引いている。だが、妃殿下の母は第一王子に危害を加えたとして、流刑になった。妃殿下は罪人の娘として、離宮にたった一人で名ばかりの王女として暮らしていたそうだ」

王女というのは肩書だけで、実際は使用人と同じような扱いを受けていたという。

罪人の娘だということも、彼女の立場を悪くしていた。

フェルリナに教養がなかったのは、まともに学ばせてもらえなかったからだった。

「特にルビクス王妃からは酷い仕打ちを受けていたらしい」

「……そういうことか」

自分に自信がなく、あんなに怯えていたのも。

彼女の体に傷があったのも。

使用人の子、罪人の子として蔑まれ、自分には価値がないと思い込んでいるのだろう。

その罪は、彼女の罪ではないのに。

彼女にそんな仕打ちをしていたルビクス王国の王族たちに対して言いようのない怒りがこみ上げてくる。

（だが、私も同じではないか……）

フェルリナからすれば、肩書だけの王女から、肩書だけの皇妃に変わったにすぎない。

その上、人質だなどと冷たく吐き捨てた。

怯えさせるばかりで、気遣ってなどやれなかった。

――彼女はヴァルトに怯えながらも歩み寄ろうとしてくれていたのに。

何故、最初からもっとフェルリナ自身を見ようとしなかったのか。

何故、もっと優しくできなかったのか。

悪意の中で生きてきたとは思えないほど、フェルリナの心は純粋で美しい。

フェルリナのことを思うと心が痛む。

もし、ぬいぐるみに魂が入るなどという状況にならなければ、きっとヴァルトは気づけなかった。

フェルリナの素直で優しい心根に。

側にいて不思議と安らぐぬくもりに。

「妃殿下を人質として寄こしたのは、王妃の采配だったみたい。要は憎い愛妾の娘の厄介払いだね。他の大事な姫を恐ろしい冷酷皇帝に嫁がせて不幸にさせるのが嫌だったから、ちょうど良かったんでしょ。我が帝国もなめられたもんだね」

グランが憤慨する。

そういった事情があったのならば、フェルリナが何故、複数いる王女の中から人質に選ばれたのか、容易に理解できる。

和平の条件である人質に一番価値のない王女を選んだルビクス王国の姿勢には腹が立つが、こちらも特に指定したわけではないから仕方がない。

それでも、この件は皇妃暗殺未遂事件とぬいぐるみのことが落ち着いたらルビクス王国を問い詰める必要があるが。

ただ今は、皇妃がフェルリナで良かったと心から思う。

「その件は諸々片付いてからまた相談しよう。調べてくれて助かった。あと、あれは用意できているか？」

「ああ、ばっちり妃殿下の部屋にあるよ」

味方が誰もいない場所で一人、彼女はどんな気持ちでヴァルトを待っているだろう。

今すぐ彼女に会いたい。

ヴァルトはグランの話もそこそこに足早に部屋を出た。

グランとの話を終えて戻ってきたヴァルトは、酷く苦しそうな表情をしていた。

「……陛下？」

フェルリナが声をかけると、ヴァルトはこちらを見て表情を和らげた。

「今日の仕事はすべて終わった。帰ろう」

そう言って、ヴァルトはぬいぐるみを優しく抱き上げる。

普段と様子の違うヴァルトに気づきながらも、フェルリナはなんと声をかけていいか分からなかった。

フェルリナの頭の中は、執務室で聞いてしまった会話がぐるぐると巡っていたから。

ぬいぐるみのせいでヴァルトの立場が悪くなっていること。

〝反和平派〟という者たちがフェルリナを殺害しようとしたのかもしれないということ。

ガルアド帝国で発見された〝古の遺品〟を巡って、ルビクス王国が一方的に宣戦布告したこと。

中でも戦争に関することは、フェルリナに大きな衝撃を与えた。

(どうしてなのですか、お父様)

そんなに〝古の遺品〟は重要なものなのだろうか。

ルビクス王国の王女でありながら、フェルリナはそんなことも分からない。

けれど、帝国にある〝古の遺品〟が戦のきっかけになったのだとすれば、ヴァルトは魔法を使えるルビクス王家の人間を求めていたということだろう。

しかし、価値のない王女だと蔑まれてきたフェルリナには、ヴァルトの望みを叶えることができない。

さらに和平の理由を知って、父が人質にフェルリナを選んだ思惑にも気づいてしまった。

フェルリナは〝古の遺品〟のことすらまともに知らず、魔法の扱い方も知らないから、ルビクス王国の秘密が漏れることもない。

だからガルアド帝国に嫁がせても問題ないと判断して送り込んだのだろう。

ヴァルトの狙いを潰すかのごとく。

(お父様はなんてことを……! 陛下は、わたしに価値があると思っているから優しくしてくれている。でも……本当のことを知られれば、きっと捨てられてしまうわ)

ルビクス王国に居場所のないフェルリナは、戻ったところできっと殺されてしまうだろう。

けれどそれよりも、ヴァルトに捨てられてしまうのが怖い。

安心できるこの腕のぬくもりを知ってしまったから。

ヴァルトの不器用な優しさを知ってしまったから。

ヴァルトの隣に、側にいたいと思ってしまったから。

それでも、父の本当の思惑を知ったのに、ヴァルトのことを騙し続けることなんてできない。

(言わなきゃ……でも、まだ)

覚悟が決まらない。

結婚初日、冷たい眼差しを向けられた時よりも、今の方がヴァルトに拒絶されるのが怖い。

誰かに拒絶されるのも、否定されるのも、慣れていたはずだったのに。

誰にも大事にされなくても、生きていることを許されているだけで感謝しなければならなかった。

暴言を吐かれても、鞭を打たれても、一人ぼっちでも。

大人しく従順でなければもっと酷い目に遭ってしまう。

だから、少しでも気に入ってもらえるように。少しでも優しくしてもらえるように。

フェルリナはいつも控えめに、笑みを浮かべて生きてきた。

それでもずっと、痛くて、苦しくて、寂しくて、辛かった。

ヴァルトに抱き上げられる度、その膝にのせてもらう度、本を読んでもらう度、話を聞いてもらう度、優しくされる度——心が真綿で包まれるようにあたたかくなった。

見て見ぬふりをしていた心の傷が、癒されていくようだった。

今まで与えられなかったものだから、失うのが怖い。

思わず、フェルリナはヴァルトの腕にそっと手を伸ばしていた。

「どうした？」

それだけで、こちらを気にかけてくれる。

——価値のない自分が優しくされる資格なんてないのに。

ヴァルトの気遣うような声が聞こえるだけで、胸がきゅっと締めつけられて。

「……なんでも、ありません」

余計な心配をかけたくないのに、声が震えてしまう。

フェルリナは、申し訳ない気持ちでいっぱいだった。

「そうか」

ぽん、と優しく頭を撫でられて、フェルリナの体はびくりと跳ねた。

彼を騙している自分には、優しくされる資格なんてない。

ヴァルトから与えられるものすべてに過剰反応してしまう。

「すまない。痛かったか⁉」

「いえっ、痛くありません」

「本当に？」

「はい。陛下の手はとても、優しいです」

心配そうにこちらを見つめるダークブルーの瞳に、胸が締めつけられる。

ヴァルトが噂通り冷酷な人だったならば、こんなに悩むことはなかっただろう。

騙していることに胸が痛くなることも、そのぬくもりを離れがたく思うことも。

「ルーに見せたいものがあるんだ」

ヴァルトに抱かれたまま部屋に着く。

しかし、彼の歩みは止まらなかった。

「なんでしょうか？」

彼が向かったのは、皇帝の部屋と続き部屋になっている皇妃の部屋だった。

「ロコット男爵令嬢には少し席を外してもらっている」

部屋に入る前、ヴァルトがこっそり耳打ちする。

人払いをしているから、ぬいぐるみのふりをしなくてもいいということだ。

（でも、見せたいものってなんだろう……？）

内心で首を傾げた時、室内に置かれたぬいぐるみに気づく。

ソファの上に座っているぬいぐるみは、一つだけではなかった。

テディベアやウサギ、ネコ……いろんな種類のぬいぐるみがある。

「……陛下、これは？」

「君は可愛いものが好きだと聞いたから」

「もしかして、わたしのために？」

「あぁ。喜んでくれるか？」

その声はとても優しくて、胸がいっそう苦しくなる。

嬉しくないはずがない。でも、素直に喜べない。

彼を騙しているフェルリナが、贈り物をもらってもいいのだろうか。

「ルー？」

愛称を呼ばれる度に、フェルリナがどれほど幸せを感じているか、ヴァルトは知らないだろう。

「……わたし」

なんだか泣きそうだった。

涙なんて出ない、宝石の瞳だけれど。

（どうして、陛下はこんなに優しくしてくれるの……？）

形だけの皇妃。人質の王女。

そんな皇妃が刺客に襲われて、魂がぬいぐるみに入った。

ルビクス王国の王女が怪しい魔法を使った、と斬って捨てられてもおかしくない状況だった。

それなのに、ヴァルトはぬいぐるみになったフェルリナにもこうして優しくしてくれる。

このままでは期待してしまう。

何の価値もないフェルリナのことを知っても、優しくしてくれるのではないか。

受け入れてくれるのではないか。

かつて、心の奥底で願っては粉々に砕けた思いがもう一度顔を出そうとしたが、無理やり押し込めた。

(そんな夢みたいなことがあるはずがないわ)

期待してはいけない——そう自分に言い聞かせる。

「やはり、ぬいぐるみを贈ってもらったからといって、ぬいぐるみを返礼とするのはまずかったか……」

黙り込んでしまったフェルリナのせいで、ヴァルトが一人で反省を始めた。

「ち、違うんです！　陛下は悪くありません」

「それなら、気に入ってもらえたか？」

眉間にしわを寄せて、不安そうにヴァルトが問う。

ヴァルトが用意してくれたぬいぐるみは、どれも可愛い。

嬉しい気持ちに嘘はつけなくて、罪悪感を覚えながらもフェルリナは小さく頷いた。

「よかった。君の侍女たちに好みを聞いて、ぬいぐるみを用意したんだ」

ほっと息を吐いて、ヴァルトの頬が緩んだ。

それは笑顔とは言えないかすかなものだったけれど、初めて見る表情だった。

向けられる眼差しも柔らかくて、ドキッとしてしまう。

「……あ、ありがとうございます」

「最近頑張っていたからな。そのご褒美でもあるんだ」

そう言って、ヴァルトはぬいぐるみたちの側へフェルリナを下ろした。

（わあ……っ！）

すぐに目に入ったのは、ウサギのぬいぐるみだ。

大きさはフェルリナと同じくらいで、長い耳がぺたりと折れているのが可愛い。

ぬいぐるみの手でウサギの手を掴むことはできなくて、ぎゅっと抱きついてみる。

（可愛い……！）

ぬいぐるみと同じ目線になるなんて、初めての経験だった。

「か、かわ……なんだこの世界」

ウサギに埋もれ、ヴァルトが口元を押さえて悶えていたことには気づいていなかった。

しばらくもふもふを堪能していると、ヴァルトがフェルリナと目線を合わせるよう床に座った。

「私も君に癒されたい」

「……っ⁉」

「駄目か？」

上目遣いで尋ねられて、フェルリナは反射的に首を横に振っていた。

(でも……癒すって、どうすればいいの⁉)

人を癒したことなんてないから、何をすれば良いか分からない。

ぬいぐるみ姿の自分だからできることをフェルリナは必死で考える。

可愛いぬいぐるみに囲まれるフェルリナを見て、すでにヴァルトの心は癒されているのだが、フェルリナは知る由もない。

(わたしが、されて嬉しかったこと……してほしいことは……)

一生懸命考えて、フェルリナはヴァルトの方へ短い手を伸ばした。

そして、

「陛下は、いつも頑張っています」

よしよし、ともこもこの手で白銀の髪を撫でる。

「でも、頑張りすぎないでください」

ヴァルトの側にいて、彼が働きすぎていることが心配だった。

それだけガルアド帝国のことを考えているのだと尊敬しているが、ヴァルトの体は一つしかない。

癒しを求めたのも、きっと疲れているからだろう。

そんな中で、彼はフェルリナのことを気遣って、ぬいぐるみを贈ってくれた。

感謝の気持ちを込めながら撫でていたのだが、ヴァルトの反応がない。

（わ、わたしったら、陛下の頭を撫でるなんて……っ）

どうすれば癒せるのかを考えていたせいで、自分の立場を忘れていた。

「す、すみませんっ、わたし、陛下に無礼を」

「無礼などではない」

「……でもっ」

「君は私の皇妃だろう？」

美しいダークブルーの双眸に、まっすぐに射抜かれた。

引っ込めようとした手はヴァルトの手に包まれて、動くことができない。

ぬいぐるみにはないはずの心臓がどくどくと鼓動を速めた気がした。

ずっと気づかないふりをしていたけれど、もう誤魔化せない。

（わたしは、陛下のことが好き……）

深い夜のような双眸も、耳に心地よい低い声も、いつもぬくもりをくれる手も。

皇帝としての威厳ある姿も、国を思う信念も。

誰にも大切にされたことのないフェルリナを、大切に守ってくれて。

知らないことを教えてくれて、見たことのない景色を見せてくれた。

ヴァルトと一緒にいられる時間が、とても好きだった。

だからこそ。

（わたしは、このまま陛下を騙していたくない……！）

ヴァルトのことが好きだから。

彼が目指すものの妨げにはなりたくない。

「陛下、お話ししたいことがあります……」

今あるすべてを失っても構わない。

その覚悟をもって、フェルリナはヴァルトに告げた。

「わたしは、嫁いだ時からずっと、陛下を騙していたんです……っ！」

——ついに言ってしまった。

失望されるのが怖くて、ヴァルトの顔を見られない。

俯いたまま、フェルリナは言葉を重ねる。

勢いにのせてしまわなければ、何も言えなくなりそうで。

「……わたしは、ルビクス王国では、何の価値もない王女でした。〝古の遺品〟についても、何も知らないんです……。だから父は私を人質にしたんだと思います。和平という情けをかけてもらった敗戦国だというのに、このような無礼な真似をして申し訳ございません！」

きっと、ヴァルトはショックを受けていることだろう。

ルビクス王国と和平を結んだのは、〝古の遺品〟の脅威を排除するため。

ガルアド帝国にも、魔法を制御できる者をつくるためだ。

それなのに、その目的が果たせないと分かったのだから。

「わたしは、人質としても役立たずですし、ガルアド帝国の皇妃にも相応しくありません。それなのに、こんなことになって、陛下にはご迷惑をおかけしてばかりで……本当に、申し訳ございません」

ヴァルトが守っていたのは何の価値もない王女なのだと、言葉にする度に声が詰まった。

謝って済む問題ではない。

フェルリナは、ヴァルトからの怒声を覚悟した。

優しい手に傷つけられることも覚悟した。

しかし、俯いたフェルリナの頭に大きな手がぽんとのせられる。

「そのことなら、知っている」

「え、知って……？」

驚きの返答に、フェルリナは目を見開く。

「君には悪いが、刺客の件もあったし、調べさせてもらった」

「わたしが使用人の――それも罪人の子であるということも？」

「あぁ。君がルビクス王国でどれほど酷い扱いを受けていたのかもな」

苦々しげにヴァルトが言った。

ヴァルトは、フェルリナの境遇を知ってしまったのだ。

もしかしたら、体の傷のことも……。

ルビクス王国での立場だけでなく自身の秘密も知られ、フェルリナはぶるぶると震え出す。

「わ、わたしのような者など……」

言葉を遮るように、ヴァルトがフェルリナを抱きしめた。

「知ってなお、私の皇妃は君しかいないと思っている」

「陛下、そんな……。わたしだけじゃなく父も陛下を騙していました。これは許されることではありません」

「ああ、そうだな」

胸に重しがのったように苦しくなる。しかし、腕を解かれ見上げるとヴァルトの顔は怒ってなどいなかった。

「たしかにルビクス王国の姿勢は許しがたい。だが、フェルリナを皇妃に差し出してくれたことには感謝しているんだ」

思いがけない言葉に、フェルリナは目を見張る。

「ルビクス王国のことは任せろ。ルビクス王国にとって価値がないと分かったのならば、今や君は人質なんかじゃない。もうガルアド帝国の人間であり、私の皇妃だ」

ガルアド帝国の人間であり、皇妃――。

こんなにも嬉しい言葉があるだろうか。

ずっとルビクス王国で蔑まれ、最底辺の王女だった――王女と言えるかも怪しいフェルリナに、ヴァルトはこのガルアド帝国で居場所をつくってくれようとしている。

守ってくれようとしている。

フェルリナを、認めてくれている。

たまらず、心から涙がぽろぽろと零れる。

泣けないはずなのに、ぬいぐるみの瞳に不思議な虹彩が映った。

「ルー？　……泣いているのか？」

瞳をのぞき込まれ、ぽんぽんと頭を撫でられる。

「泣かないでくれ。君が嫁いできてくれてよかったと心から思っている」

ヴァルトが優しすぎて困る。

何を言っても、ヴァルトはフェルリナの存在を否定しない。

ルビクス王国で過ごしていた時のように、価値がないと知られれば捨てられると思っていたのに。

(どうしよう、このままじゃ……)

好きの気持ちがどんどん膨(ふく)らんでいく。

フェルリナは、自分の感情を制御するのは得意な方だと思っていた。

それなのに、ヴァルトへの気持ちの止め方が分からない。

しかし、好きだからこそ――。

「やっぱり、わたしが皇妃のままではダメです……っ！」

ヴァルトは、皇妃を一人しか娶るつもりがないと言った。

そのただ一人の皇妃が、価値のない王女だなんて。

フェルリナでは、ガルアド帝国を背負う彼を支えられない。

「どうしてそう思う？」

「だって、わたしには何の価値もなくて、陛下のために何もできないのに、こんなことになって……わたしは、陛下に迷惑しかかけていません！」

「迷惑なんかじゃない」

「……う、嘘です」

「本心だ」

きっぱりとヴァルトは言いきった。

「君のおかげで、つまらない毎日が面白くなったからな。まさか、ぬいぐるみと生活を共にすることになるとは思わなかった」

ふわふわの頭を撫でながら、ヴァルトが初めて笑った。

（陛下の笑顔が……わたしに？）

信じられない。

あまりの衝撃に、フェルリナは固まった。

目の前のヴァルトの笑顔から目が離せない。

「フェルリナ」

その上、初めて名を呼ばれて、フェルリナは全身で飛び上がった。

「ひゃいっ⁉」

「何も気にせず、これからも大人しく抱かれていろ」

ヴァルトはまた、フェルリナのふわふわの体に顔を埋めるようにして抱きしめた。

さらさらの白銀の髪が、白銀のぬいぐるみの体にさらりとかかる。

「……本当に、わたしでいいのですか」

「フェルリナがいいんだ」

自分ですら、自分を認めることができなかった。

自己肯定感なんて欠片もなかったフェルリナを、ヴァルトが肯定してくれた。

フェルリナがいいのだと求めてくれた。受け入れてくれた。

(わたし、ここに——陛下の側にいてもいいの?)

嬉しくて、胸が熱くなる。

今まで散り散りになって消えていった期待と希望が、フェルリナの内側でほんのりと輝き始める。

「ありがとう、ございます」

泣きそうになりながら、フェルリナは何度も何度もヴァルトに礼を言う。

いろんな感情があふれてきたが、言葉にすることもできなくて、ただ感謝を伝え続けた。

そんなフェルリナをヴァルトはぎゅっと抱きしめてくれて。

「私こそ、すまなかった。もう君を人質として扱うつもりはない」

ヴァルトはフェルリナを安心させるように笑う。

フェルリナを皇妃として求めてくれたヴァルトのために、自分にできることならばどんなことでもしたい。

そのためには、ぬいぐるみのままでいては駄目だ。
ヴァルトに抱きしめられながら、フェルリナは変わりたいと強く思った。

（……んん？　なんだか、身動きがとりづらい……？）

意識が覚醒してくると、自分の体が何かに包まれていることに気づく。

そして、不鮮明だった視界が開けてくると、目の前には大好きな人の寝顔がある。

（へ、陛下……っ⁉）

ヴァルトより早く目を覚ましたフェルリナは、朝から内心で悲鳴を上げた。

あの後、ヴァルトはぬいぐるみを抱きしめて離さず、そのまま夜も一緒に眠ってしまったのだ。

そう思うと、ついさっきとは違う意味でドキドキしてしまう。

じっとしたまま、ヴァルトの寝顔を見つめていると、その目がゆっくりと開いた。

「……ふ、可愛いな」

口元を緩めたヴァルトが言う。

その声は寝起きで少し掠れていて、それがまた妙な色気を醸し出していた。

あまりの破壊力に、フェルリナはときめきすぎて死ぬかと思った。

「陛下、おはようございます……」

「……なっ⁉　起きていたのか⁉」

フェルリナの声を聞いて、ヴァルトはがばっと飛び起きた。

そして、顔半分を片手で覆ってしまう。

もしかすると、フェルリナがまだ寝ていると思っていたのだろうか。

声をかけてくれたから、てっきり気づいているものだと思っていた。

「今の、聞いたか？」

「へ？」

「いや、やっぱりいい。おはよう、フェルリナ」

誤魔化すように首を振ると、ヴァルトは一度大きく深呼吸をした。

ヴァルトはそれで冷静さを取り戻したようだが、名を呼ばれたフェルリナは無理だった。

胸はドキドキして落ち着かないし、ヴァルトのことばかり考えてしまう。

（もしかして、寝ているわたしに今までもこんな風に声をかけてくれていたり……？）

そうであってほしいという願いが、あらぬ妄想まで膨らませる。

ヴァルトが仕度を整えている間、フェルリナはただただ彼に見惚れることしかできなかった。

「そろそろ行くが、準備はいいか？」

いつものように声をかけられて、フェルリナはハッとする。

昨夜、ヴァルトのために何ができるのかを考え、やはり元の体に戻る方法を探すことが最優先事項だという結論に達した。

いつまでもヴァルトに抱かれているだけのぬいぐるみでは駄目だ。

「今日は、一緒には行けません」

「もしかして、グランが言っていた噂を気にしているのか？」

「いえ、そうではなくて……っ」

ヴァルトの纏う空気が冷たくなり、慌てて否定する。

「わたし、元の体に戻る方法を探したいんですっ！」

内心焦りながらも、思っていたことを口にする。

「どうしてこんなことになってしまったのかはまだ分からないのですが、自分でも何か動きたくて……」

「それなら、私も一緒にいる」

「えっ？　だ、駄目です！　陛下にはお仕事があるじゃないですか……それに、またわたしのせいで陛下の悪い噂が流れるのは、嫌です。これ以上、ご迷惑をおかけしたくないんです」

ヴァルトは眉間にしわを寄せて黙り込んでいたが、重いため息をついて頷いた。

「理由は分かった」

そう言って、ヴァルトはフェルリナを皇妃の部屋へ連れていってくれた。

寝室にはリジアがいて、ヴァルトが入ってきたのに気づいて頭を下げる。

（リジアさん、なんだか痩せた……？）

リジアの顔色は悪く、心なしか元気もない。

毎日、眠り続けるフェルリナの体の世話を一人でしていることを思うと申し訳ない気持ちでいっぱいになる。

彼女のためにも、早く元の体に戻りたい。

「陛下はいつも妃殿下のぬいぐるみを抱いてくださっているのですね」

「あぁ」

「妃殿下が知れば、きっと喜びますわ。陛下と仲良くなるために、一生懸命材料を選んで、心を込めて作っていましたから……」

話しながら、リジアの目には徐々に涙がたまっていく。

「ロコット男爵令嬢。あなたが献身的に皇妃の世話をしてくれていることには感謝する。だが、ずっと休んでいないだろう。彼女のことは私に任せて、今日はゆっくり休んでほしい。きっと、皇妃もそれを望んでいる」

リジアを心配するフェルリナに気づいてくれたのだろう。

ヴァルトの言葉に、フェルリナは心の中でうんうんと頷く。

「しかし……妃殿下の専属侍女の中で、この状況を知るのは私だけです。お側を離れるわけには」

「いつまでもこの状況を隠しておくわけにはいかない。いずれ公表することになるだろう」

「……もし、このまま目覚めなければ、陛下は妃殿下をどうするおつもりですか？」

皇帝相手にも、リジアはフェルリナを案じて問いを投げかける。

それだけフェルリナのことを皇妃として認めてくれているということだ。

「心配はいらない。皇妃のことは私が必ず守る」

ヴァルトははっきりと言いきった。

その答えに安堵したのは、リジアだけではない。

フェルリナ自身も、ヴァルトがどう答えるのかドキドキだった。

「その答えが聞けて安心いたしました。それでは陛下、妃殿下のことをどうかよろしくお願いいたします」

リジアは笑みを浮かべ、ヴァルトに一礼して退室した。

扉が閉まったのを確認して、フェルリナはもぞりと動いてヴァルトを見上げる。

「陛下、ありがとうございます」

「何がだ？」

「リジアさんを休ませてくれて」

ふっと笑って、ヴァルトはベッドに近づいた。

そこには、フェルリナの体が横たわっている。

「君の体だが、もうひと月近く経つのに、衰弱が見られない」

ヴァルトはフェルリナが自分の体を確かめられるように、ベッドに下ろしてくれた。

とてとてとベッドの上を歩きながら、フェルリナは自分の顔と体をよく観察する。

（本当だわ。最後に見た時とあまり変わらないように見えるわ）

ローズピンクの髪には艶があり、肌は整えられている。

きっと、毎日手入れしてくれているリジアのおかげだろう。

しかし、栄養失調気味だったフェルリナがひと月近くも飲まず食わずでいれば、もっと衰弱していてもおかしくはない。

それなのに、体に変化は見られなかった。

「どういうことでしょうか？」

「私はこの様子を見て、魔法が関わっていると確信したんだ。そうでないと説明できないからな」

ヴァルトの言う通りだ。

「けれど、犯人はルビクス王国の者ではないかもしれないと話していましたよね？」

「ああ。だから皇妃暗殺未遂事件とは関係なく、何か他のきっかけで魔法が働いたのではと思っている」

「他のきっかけ……」

今は大丈夫でも、このまま元に戻れず、死ぬことだってあり得る。

何かきっかけになるような出来事がなかったか、思い出そう。

「わたしは……ぬいぐるみのままで、陛下のお役に立てないまま死にたくありません。魔法のことは何もわかりませんが、自分の体のことなので、思いつく限り手を尽くしてみます」

「ああ。だがもし、元に戻ることにもリスクがあるのなら、私は君がぬいぐるみのままでも構わない」

ヴァルトはそう言って、にやりと笑う。

「えっ？　でも、今だってわたしのせいで悪い噂が……」

「ルーは可愛いからな。皆もいずれ理解する」

頬を緩めたまま、ヴァルトはぬいぐるみの頭に手を置いた。

優しく撫でられて、愛でられる。

ヴァルトから、面と向かって初めて可愛いと言われた。

それが嬉しいのに、何故だかモヤモヤしてしまう。

（も、もしかして、陛下がわたしのことを大事にしてくれているのは、ぬいぐるみだから……？）

ぬいぐるみになったからこそ、ヴァルトと話すことが怖くなくなった。

心も近づけたと思っている。

しかし、それもすべて見た目が愛らしいぬいぐるみだからなのだとすれば。

元の姿に戻ったら、こんな風にヴァルトとの時間を過ごすことができなくなるかもしれない？

フェルリナの心には新たな悩みが生まれていた。

「そろそろ、仕事へ行かなければ」

「は、はいっ、陛下。お仕事頑張ってください！」

「あぁ、今日は早めに終わらせる」

フェルリナに誤解を与えてしまったことには気づかずに、ヴァルトは仕事へ向かった。

自分の体と二人きりになり、フェルリナはどうしたものかと首を傾げる。

「とにかく、色々試さないと！」

初日に試したことだが、まずは自分の体に触れたまま念じてみる。

（どうか、元の体に戻れますように）

しばらくそうしていたが何も起こらない。

「やっぱり、念じるだけじゃ駄目なのね」

ぬいぐるみに魂が入った時のことを、もう一度よく思い出してみる。

ヴァルトとの晩餐の帰り道、刺客に襲われた。

殺意を向けられて、怖くて、必死で逃げていた。

恐怖が引き金になったのだろうか。

しかし、皇妃暗殺未遂事件以外のきっかけで魔法が働いた可能性があるのだ。

何か、何かなかったか――フェルリナは懸命に記憶をたどる。

しかし、魔法というものに実際触れたことも見たこともないフェルリナには、それらしききっかけを見つけ出すことが難しかった。

「どうすれば、戻れるの……？」

そう言いながらも、心のどこかで声がする。

本当に元に戻りたいのか――と。

ぬいぐるみの体に入ったことが分かった時、ほっとしている自分もいたのだ。

無価値な自分の体を捨てて、誰かを笑顔にできるぬいぐるみになれたことに。

孤児院で子どもたちに笑いかけられた時も、ヴァルトに癒されると言われた時も、ぬいぐるみ姿でいるのも悪くないと思った。

「陛下は、わたしが元の姿に戻っても、今のように接してくれるのかしら」

つい先ほどのヴァルトの言葉を思い出す。

彼は、フェルリナがぬいぐるみのままでも構わないと言った。

元の体でヴァルトとうまく話せたことがないので、どうしても不安になってしまう。

「もう、どうすればいいの」

フェルリナがため息をついた時、誰かの話し声が聞こえた。フェルリナは身を強張らせてぬいぐるみのふりをする。

扉の外には、ヴァルトがつけてくれた護衛がいる。

おそらく、話しているのは護衛と誰かだろう。

しばらくすると、ノックの音がして、皇妃の寝室の扉が開く。

「失礼いたします」

入ってきたのは、見覚えのない侍女だった。

リジアの代わりに世話係として来てくれたのだろうか。

（えっ、でも、どうしよう……!?）

せっかく元に戻る方法を試す時間をもらえたのに、侍女がいては動くことができない。

早く出ていってほしいというフェルリナの願いとは裏腹に、侍女はまっすぐベッドに近づいてくる。

「本当に可愛いぬいぐるみだこと」

侍女は眠るフェルリナではなく、ぬいぐるみに手を伸ばした。

少し乱暴なその手つきに、ヴァルトがいつもどれだけ優しく触れてくれていたのかに気づく。

そして、ぬいぐるみを抱いたまま、侍女は皇妃の部屋を出てしまう。

（あれ、皇妃の世話をしに来たわけじゃないのかしら）

侍女は、フェルリナ本体には目もくれず、ぬいぐるみを手に取っていた。

そのことに違和感を覚えながらも、わざわざぬいぐるみを持ち出す理由がいまいち思いつかない。

（もしかして、また洗濯されちゃうとか……？）

今回は汚れていないはずなのだが。

ぬいぐるみだから本当に苦しいわけではないけれど、水桶に沈められるのは軽くトラウマになっている。

しかし、ぬいぐるみのふりをして動けないフェルリナは、どうすることもできずに連れていかれるのだった。

ヴァルトは、いつも腕に抱いていたぬいぐるみがいないことを寂しく思いながらも執務をこなしていたが、途中で休憩を挟むことにした。

（元に戻れているだろうか……）

フェルリナが側にいてくれるなら、ぬいぐるみのままでも構わない。

そう思っているのは本心だ。

しかし、彼女の境遇や心根を知れば知るほど、多くの傷を負いながらも優しさを忘れずに生きてきた彼女自身を抱きしめたいと思うようになった。

ぬいぐるみではなく、生身の彼女の笑顔が見たい。

ぬいぐるみのもふもふに癒される日々も魅力的だが、今度こそ、フェルリナを一人の女性として大切にしたい。

「……ルー？」

ヴァルトは足早に皇妃の部屋へと続く扉を開ける。

ベッドの天蓋にかかるカーテンをめくると、フェルリナの体が眠っている。

いつもの癖でその細い手を取り、フェルリナが生きているかを確かめた。

脈は正常だ。ほっと息を吐く。

しかし、ぬいぐるみの姿がない。

「ルー？　私だ。どこにいる？」

ベッドの下、テーブルの下、クローゼットの中、ソファの下――ぬいぐるみが入れそうな場所はすべて探したが、どこにもいない。

彼女がヴァルトをからかうためにこんなことをするはずがない。

「もしや、また洗濯か……っ⁉」

慌てて、ヴァルトは見張りの騎士を問い詰める。

「おい、私のぬいぐるみをどこかへ持ち出す者がいただろう⁉」

「へ、陛下！　陛下のぬいぐるみは、陛下のご命令を受けたという侍女が持ち出していきましたが……陛下のところへ行っていないのですか？」

「私はそんな命令など出していない……それはどんな侍女だった？　名前は？」

「も、申し訳ございません。正式な侍女服を着ておりましたし、侍女が陛下の名を騙るとは思えず……」

「名も知らぬ侍女を皇妃の部屋へ入れたのか」

底冷えのする声で、ヴァルトは騎士を見下ろす。

「このことは騎士団長のガイヤにも伝えておく」

「はっ、申し訳ございませんでした……！」

騎士は血の気の引いた顔で謝罪する。

彼らにとって、ぬいぐるみはただのぬいぐるみだ。

きっと、ヴァルトが何故こんなに必死なのかも分かっていない。

（皇妃が連れ去られたんだ。もし何かあれば、謝罪だけでは済まないぞ）

騎士に厳重注意し、ヴァルトはすぐに踵を返す。

皇帝の名を騙ったことからして、以前のランドリーメイドのような親切心でぬいぐるみを持ち出したわけではないだろう。

反和平派がぬいぐるみに関連する噂話を流していることも気にかかる。

もし、フェルリナに何かあったら、自分は冷静に対処できるだろうか。

グランには正攻法で攻めると言ったものの、また大切なものを奪われるようなことがあれば、ヴァルトは迷わず復讐を選ぶだろう。どんな手を使ってでも。

騎士が言うには、侍女がフェルリナを連れ出したのは、三十分ほど前。

皇帝陛下のぬいぐるみは有名だ。

そう思い、ヴァルトは近くに配置している騎士たちに尋ねていく。

「私のぬいぐるみを抱いた侍女を見たか？」

「へ、陛下!? ぬいぐるみを抱いた侍女ですか……いえ、こちらには来ていません」

「もし見かけたら、捕らえろ」

「……承知しました」

何度かそんなやり取りを行っていると、前方からグランがしかめっ面で歩いてくるのが見えた。

「ちょっと陛下、仕事もせずに何してるんですか⁉」

ヴァルトがなかなか執務室に戻らないから、連れ戻しに来たのだろう。

「ルーが連れ去られたんだ。仕事などしていられない」

「いやいや、ルーってぬいぐるみでしょう⁉　執務机の書類の山の方が問題です！」

「私はルーを探しに行く。書類はお前に任せる。重要なものだけ残しておいてくれ」

「は⁉　ぬいぐるみを探しに行く？　仕事をオレに押しつけて⁉　冗談ですよね？」

「本気だ」

きっぱりと言いきると、グランは口をぽかんと開けて固まった。

ヴァルトはグランに背を向ける。

背後でグランの嘆きが聞こえたが、聞こえないふりをした。

そして、ヴァルトは隠し通路を使い、城内のとある場所へ向かった。

「【黒】に頼みたいことがある」

ヴァルトの一声で、どこからか数名の人間が現れる。

【黒】とは、皇帝直属の諜報部隊だ。
表舞台ではなく、裏で皇帝のために動く彼らは、殺しも平気で行う。
皇帝にのみ忠誠を誓い、皇帝の命令だけに従うのだ。
「反和平派の動きを探り、ぬいぐるみを捜索しろ」
【黒】は頭を下げ、すぐに散っていった。
ぬいぐるみが消えたのは城内。
悪意で動くとしたら反和平派である可能性が高いだろう。
何事もなければそれでいい。
しかし、もし何かに巻き込まれているならば、すぐにでも助けに行かなければ。
(必ず、見つけてみせる)
彼女が頼れるのは今、自分しかいないのだから。

一方、侍女に連れ出されたフェルリナは、城内のとある備品倉庫にいた。
目の前には、三人の男。侍女の姿はない。
彼女は、見知らぬ男にぬいぐるみを渡すとすぐにどこかへ行ってしまったのだ。

「あの冷酷皇帝がなんでもないぬいぐるみを大切にするはずがない。このぬいぐるみには何か秘密があるはずだ」

「皇妃が作ったのならば、ルビクス王国が和平を反故にするような証拠も出てくるかもしれないぞ」

倉庫内にあったテーブルにのせられ、フェルリナは三人から見下ろされていた。

この様子を見るに、彼らはぬいぐるみの中にフェルリナの魂が入っていることは知らないようだ。

（もしかしてこの人たちが、陛下たちがおっしゃっていた反和平派……？）

フェルリナはぬいぐるみのふりに徹しながらも、彼らを観察する。

ヴァルトが公務にフェルリナを連れていってくれたおかげで、二人の顔には見覚えがあった。

一人は、グレイソン伯爵。五十代半ばの風格ある紳士だが、議会ではたしか末席に座っていた。皇妃を他にも迎えるべきだとの発言は、フェルリナの記憶に鮮明に残っている。

もう一人は、謁見でヴァルトに鉄鉱石を献上していたオレット男爵。ヴァルトに媚びた笑みを向けていたのに反和平派だったようだ。

（この方は、誰……？）

落ち着いた雰囲気の、眼鏡をかけた金髪の男性。

初めて見る顔だが、身なりからして彼も貴族だろう。

その男の名を聞き漏らすまいとフェルリナは彼らの会話に集中する。

「見たところ、ただのぬいぐるみのようだが……」

グレイソン伯爵がぬいぐるみを手に持ち、観察する。

「いえ、その瞳に使われているブルーサファイアはかなり高価なものですよ」

と、オレット男爵が値踏みする。

「皇妃にこれだけの金を自由に使わせているとはな……冷遇していると聞いていたが」

「まさか、我々が送った刺客が仕留め損ねたせいで、二人の距離が近づいたのでしょうか？」

不安そうに、オレット男爵が問う。

やはり、フェルリナを襲わせた黒幕は、反和平派だったようだ。

二人は話しながらも、ぬいぐるみの腕や足を引っ張ったり、お腹をぐっと押しつぶしてみたり、この体に何か秘密がないかと調べている。

思わず叫んでしまいそうになりながらも、フェルリナは彼らの会話を聞き逃してはならないと必死にぬいぐるみのふりに徹する。

すると、ずっと黙っていた男が口を開いた。

「しかし陛下は何故、敗戦国であるルビクス王国と和平など……」

「ルビクス王国のことは和平ではなく、支配すべきなのだ！　レガート皇子殿下がそう望んでいたようにな」

グレイソン伯爵が力を込めて紡いだのは、追放された第一皇子の名前だった。

まだ、彼らはレガート皇子が皇位に就くことを諦めてはいない。

「ルビクス王国から差し向けられたぬいぐるみに惑わされるような弱い皇帝はこの帝国に必要ない。そろそろ頃合いだろう」

「はい。貴族たちの間にはすでに噂が広まっています。次の議会で皇妃の廃位を求めても問題はないかと」

グレイソン伯爵にへりくだるように、オレット男爵が頷く。

「もし、陛下が皇妃を庇うようなことがあれば、ルビクス王国の魔法に操られていると言えばいい。なんなら、今このぬいぐるみに証拠となりそうなものを仕込んでもいいのではないでしょうか？」

男はそう言って、口元に薄く笑みを浮かべた。

「アロン子爵、良い考えではないか！　陛下がぬいぐるみに操られている証拠を見せれば、我ら反和平派を支持する者もさらに増えるはず」

グレイソン伯爵もにやりと笑う。

どうやらこの男はアロン子爵というらしい。

フェルリナは頭の中にその名を叩き込む。

そして、震えを必死で我慢していた。

恐怖ではなく、怒りから来る震えを。

（陛下がどうして和平を選んだのかも知らないで……っ！）

このままではフェルリナのせいでヴァルトが皇帝の座を引きずりおろされてしまう。

「そういえば、レガート皇子殿下からはなんと？」

オレット男爵がグレイソン伯爵に問う。

「一刻も早く第二皇子を皇帝の座から引きずりおろせ、と。追放先である北のグラパレスでは奴隷のような生活を強いられているそうだ」

「なんと……この帝国で最も高貴な血を引くレガート皇子殿下が……早くお救いしなければ」

オレット男爵は大袈裟に身を震わせる。

グラパレスは大陸の最北端に位置する雪国だ。

冬は特に寒さが厳しく、数時間外に出るだけで凍死することもあるという。

安定した気候のガルアド帝国で何不自由なく育った第一皇子レガートにとっては、地獄だろう。

フェルリナは、ヴァルトに教えてもらったことと、本で読んだことを思い出しながら想像する。

（陛下のおかげで、いろんなものが見えるようになった気がする……）

グラパレスという国を知らなければ、雪国がどんなものか知らなければ、彼らが何故悲痛な顔をしているのか理解できなかっただろう。

そして、何故レガートがそこに追放されたのかも。

「あの冷酷皇帝にようやくつけ入る隙ができた。これまで何度も失敗してきたが、今回こそは必ず引きずりおろすのだ」

「そして、我々は輝かしい未来を手に入れる！」

ヴァルトが皇帝になり、第一皇子派であった彼らの地位は落ちた。

しかしそれは、第一皇子派がやり直す機会でもあったはずなのに、彼らは再びヴァルトに逆らおうとしている。

ヴァルトは皇帝として、国を統べる責任を持って、人々と向き合っている。

冷酷皇帝と言われ、誤解されがちだが、ヴァルトは暴君でも暗君でもない。

誰かの大切なものを奪いたくないと願う彼のことを、フェルリナは支えたいと心から思う。

自分のことしか考えられない反和平派に、ヴァルトの道を邪魔させたくない。

（陛下に、お伝えしないと……！）

彼らの計画は、立派な反逆罪だ。

しかし、彼らを追い詰めるための証拠などどこにもない。

フェルリナが聞いたというだけだ。

それもぬいぐるみの姿で聞いていたなんて、誰がそんな話に耳を傾けてくれるだろう。

「そうだ。このぬいぐるみ、まだ見ていないところがありますよ」

そう言って、オレット男爵が短剣を取り出した。

「中に何か隠しているかもしれません」

「たしかに。証拠を仕込む前に念のため確認しないとな」

目の前に短剣の切っ先が向けられて、フェルリナは内心で震える。

（ま、まさか……！）

ぬいぐるみの体を暴くつもりなのか。

しかし、ここで動いて中身が皇妃だとバレるわけにはいかない。

ナイフが、背中の繋ぎ目に当てられた。

ブチ、ブチ、ブチ――……。

一本ずつ、慎重に糸が切られていく。

フェルリナがヴァルトのことを想いながら、一針一針丁寧に縫った糸が――。

（いや、やめて……！）

フェルリナが心の中で悲鳴を上げたその時。

「皇帝陛下が来たぞ！」


見張りをしていた男が、倉庫の中に声をかけた。

「くそっ」

途端、ぬいぐるみは乱暴に投げ出され、フェルリナは頭から倒れ込む。

三人は慌てて出ていき、倉庫内は途端に静かになる。

ぬいぐるみの体はボロボロで、もう力が入らなかった。

「ルー、私だ！　いたら返事をしてくれ」

次に聞こえてきたのは、フェルリナが求めていた人の声で。

「へ、陛下……？」

フェルリナは小さく返事をした。

その声に気づいてくれたヴァルトが、慌てて駆け寄ってくる。

「ルー！　これは⁉　今すぐ治療を……って、どうすればいいんだ⁉」

ぐったりとテーブルの上で横たわるぬいぐるみを見て、ヴァルトが顔を青くしている。

それもそのはず。

背中からは綿が飛び出ているし、乱暴に扱われたせいで他にも縫い目がほつれているところがあり、見た目はボロボロだ。

しかし、そんなことよりも。

ブェルリナを探しに来てくれたことが、見つけてくれたことが何よりも嬉しくて。

「陛下ぁ……っ！」

ヴァルトの顔を見てようやく、フェルリナは安堵することができた。

伸ばそうとした腕は動かせなくて、逆にヴァルトから伸ばされた腕に抱きしめられる。

優しいぬくもりに包まれて、張りつめていた緊張の糸がぷつりと切れた。

「ルー⁉　死ぬなっ！」

くたりと力を失ったズタボロなぬいぐるみを抱きしめて、ヴァルトは必死の形相で駆け出した。

「フェルリナ、しっかりしてくれ」

懇願するようなヴァルトの声が聞こえて、ぼんやりとフェルリナの意識が覚醒していく。

視界には、眠るフェルリナ本体の手を握っているヴァルトが映った。

自分はまだぬいぐるみの中にいるらしい。

「……へ、いか？」

小さな声だったが、ヴァルトはすぐに振り向いて、一瞬でぬいぐるみを抱きしめた。

「よかった、本当によかった……生きていてくれた！」

安堵のため息が耳元をかすめ、どれほど心配をかけていたのかを知る。

こんな風に心配されたことなんて今まで一度もない。

じんわりとあたたかな何かが胸に広がって、フェルリナはヴァルトの胸に顔を埋めた。

（……そういえば、陛下はさっきわたしの体を心配してくれていた？）

ぬいぐるみよりも先に、眠るフェルリナの体の側にいてくれた。

そして今は、ぬいぐるみの中にフェルリナがいると分かったから、抱きしめてくれている。

ぬいぐるみだから優しくされているのかも——そんな風に思っていた。

しかし、ヴァルトはぬいぐるみのことも、眠る本体のことも、心配してくれている。

そんなヴァルトを見て、元に戻った時の不安が少しだけ晴れた。

きっと、ヴァルトはフェルリナがぬいぐるみじゃなくなっても、優しくしてくれる。

今なら、そう思える。

「ぬいぐるみだから、死んだりしませんよ」

こうして、ヴァルトのもとへ帰ることができたことにフェルリナ自身、ほっとしていた。

ぎゅうぎゅうと存在を確かめるように必死で抱きしめるヴァルトを少しでも安心させようとして言ったのだが。

「そうだ！　ぬいぐるみの方は全然無事じゃない！」

抱擁を解いたヴァルトが、まじまじとぬいぐるみを見て、顔面蒼白になっていく。

そういえば、ぬいぐるみの体はボロボロだった。

「大丈夫だ。私がなんとかする！」

「へ、陛下？」

固い決意とともに、ヴァルトは一旦フェルリナを置いて部屋を出た。

一体、何をするつもりなのだろう。

そうして戻ってきたヴァルトの手には、あるものが握られていた。

「……ルー。痛いかもしれないが、我慢してくれ」

「は、はい」

「では、いくぞ」

真剣なヴァルトの声に、フェルリナは覚悟を決めてこくりと頷く。

「あっ」

「……っ、すまない。剣の扱いなら得意なのだが」

「だ、大丈夫です！」

強面なヴァルトがふわふわの綿を手に持ち、所々はみ出したぬいぐるみの綿を詰め直してくれている。

そして、針と糸を使って縫い合わせていく。

「痛むか？」

一針一針刺すごとにフェルリナを気遣うように優しく声をかけてくれるため、どうにも気恥ずかしくて落ち着かない。

（うぅ……陛下のお顔をまともに見られないわ）

顔色が変わらないぬいぐるみでよかった。

人間の姿だったなら、フェルリナの顔は真っ赤に染まっていただろう。

ぬいぐるみの体は痛みなんて感じないはずなのに、ヴァルトに触れられているところだけが熱を持っているような錯覚に陥る。

しかし、今はそんなことよりも、とんでもないものを見てしまった。

「……っ⁉」

「どうした？」

「陛下、指から血が出ています！」

「あぁ、刺してしまったようだな」

なんでもないことのように言うが、フェルリナは自分のせいでヴァルトに傷をつくってしまったと焦る。

「だ、大丈夫ですか？」

むくりと起き上がり、フェルリナは止血するためにその指に触れようとした。

しかし、ひょいっとよけられてしまう。

「ルーの体を汚してはいけないからな」

そう言って、ヴァルトは指に軽く包帯を巻いた。

そのまま裁縫を続けていく。

「す、すまない。やはり君のようにきれいにはできないな」

戦場ならば敵知らずの剣の使い手が、裁縫針一つで指を傷だらけにしていた。

縫い目は不格好で、お世辞にもきれいとは言えない。

それでも、フェルリナはヴァルトの頑張りの証であるこのガタガタの縫い目を、心から愛おしいと感じた。

嬉しくて、胸が熱くなる。

「陛下、ありがとうございます！」

傷だらけのヴァルトの手を、もこもこの両手で握った。

しかし、短いぬいぐるみの手ではヴァルトの大きな手を包み込むことはできず、ヴァルトの手がもふっとお腹に少し沈み込む。

「ルーの体は本当にふわふわだな」

そう言って、ヴァルトが目元を和らげた。

ヴァルトの優しい微笑みに、フェルリナの胸はきゅんと疼く。

(どうしよう……わたし、どんどん陛下のことを好きになっているわ)

しかし、気を取り直してフェルリナは切り出した。

「陛下、あの倉庫で何があったのかをお話しさせていただきます」

ヴァルトの治世を脅かす反和平派。

彼らの思い通りにさせるものか。

フェルリナは、記憶をたどりながら話し始める。

「皇妃の部屋にいたわたしは、見覚えのない侍女に運び出されました。彼女はすぐに待機していた男にわたしを渡して、どこかへ行ってしまいました。男に大きな袋に入れられて、袋から出された時にはあの倉庫にいました」

「君を連れ出した侍女の特徴は分かるか？」

抱かれる前に見えた侍女の姿をフェルリナは懸命に思い出す。

「えっと、短い茶色の髪で、小柄でした」

「短い茶髪……たしかに、皇妃の侍女にはいないな」

「はい……あっ、そういえば、侍女の人がちゃんと報酬をもらわなきゃ割に合わないとか、話していました」

「誰かにぬいぐるみを持ち出すよう金でそそのかされたのか。城に仕える侍女ならば給金に文句はないはずだが……もしかして、その女は侍女ではないのかもしれない」

ヴァルトのその言葉に、フェルリナは首を傾げる。

「え？　でも、侍女の服を着ていました」

「侍女の服を盗める立場の者ということだ。もしや、ランドリーメイドか……？」

「そういえば、以前わたしが洗濯場に連れていかれた時に見たような気がします！」

ぬいぐるみが洗濯されそうになった時、あの場には数人のランドリーメイドがいた。

そのうちの一人に、特徴が似ていたかもしれない。

「当たりだな。君を持ち出した偽の侍女が見つかれば、反和平派との繋がりも見えてくるはずだ」

フェルリナはこくりと頷く。

「その反和平派ですが、倉庫にいたのは、グレイソン伯爵、オレット男爵、アロン子爵の三人でした」

「アロン子爵が……？」

「はい」

フェルリナが頷くと、ヴァルトは顎に手を当てて考え込んだ。

「陛下？」

「第一皇子派を排除した際、代替わりして子爵家の当主になったのが、今のアロン子爵だ。欲をかいていた前子爵とは違い、立場をわきまえている印象だったが……」

「そ、そうだったのですね。アロン子爵はぬいぐるみが陛下を操っている証拠を捏造しようとしていました」

「なるほど……」

「それで、あの、グレイソン伯爵は追放されたレガート皇子と今も連絡を取っているようでした。レガート皇子ならルビクス王国を支配していただろう、と……」

「ったく……予想はしていたが、あいつらも本当に懲りないな」

ヴァルトが呆れたようなため息をつく。

「彼らは、次の議会で皇妃の廃位を求めるつもりのようです。陛下がもしわたしを庇ったら、その、魔法で操られていると訴えるのだと……申し訳ございません、わたしのせいで陛下のお立場が」

「ルー、よくやった」

謝罪するフェルリナの言葉を遮るように、ヴァルトは言った。

そして、ぽん、とその手が頭に触れて、優しく撫でられる。

「……陛下？」

ヴァルトにつけ入る隙ができてしまったのは、フェルリナのせいだ。

それなのに、ヴァルトは褒めてくれる。

「アロン子爵は盲点だった。今回の黒幕は反和平派だというところまでは摑めていたが、首謀者の面子が洗いきれなくてな。おかげで隠れている犯人を見つけ出すことができた」

「わたし、ちゃんと陛下のお役に立てましたか……？」

「もちろんだ。それもこれも、ぬいぐるみのおかげだな」

そう言ってヴァルトは微笑む。

今まで、頑張っても、耐えても、何をしても、フェルリナの行動はすべて無駄で、不必要なものだった。

そんな役立たずだと言われた自分が、ヴァルトの——好きな人の役に立てた。

「それに、奴らの動きは追っていたが、次の議会でという確かな情報までは摑めていなかったからな。君のおかげで、私は先手を打つことができる」

ヴァルトの瞳にぎらりと光が宿った。

「……陛下、ありがとうございます」

しかし、フェルリナの声を聴き、また目元が柔らかくなる。

「突然連れ去られて、こんなにボロボロにされて怖かっただろう？　でも、君は逃げずにぬいぐるみのふりを続けて私を守ろうとしてくれた。私の方こそ本当にありがとう」

膝にのせ、頭を撫でるヴァルトの手にフェルリナは頰を寄せる。

安堵すると、途端に疲れが身を襲った。

あたたかなぬくもりを感じながら、そっと瞳を閉じる。

遠い意識の向こう側で「君をこんな目に遭わせた奴らを許さない」というヴァルトの声が聞こえた気がした——。

——可愛い。可愛すぎる。

膝の上ですうすうと眠ってしまったフェルリナを見て、ヴァルトは内心で悶えていた。

ボロボロになったぬいぐるみを見つけた時には肝が冷えた。

(本当に、無事でよかった)

彼女を失うかもしれない——そう思って初めて気づいた。

彼女の立場も価値も関係なく、ただ側にいてほしいと思ったこの気持ちが何であるのかを。

失いたくない、と強く願った想いがどこから来ているのかを。

ヴァルトは、フェルリナに惹かれている。

ふわふわで可愛いぬいぐるみ姿は愛おしく、その優しい心根は側にいるだけでほっとする。

いつの間にこんなにも好きになっていたのだろう。

警戒心の強い自分が、まさか政略結婚で妻になった女性を好きになるなんて。

しかし、最近はぬいぐるみの彼女を抱きしめるだけでは物足りなくなってきている。

本来の彼女の笑顔が見たい。声が聞きたい。

彼女が生きているぬくもりを感じたい。

閉じられたあの美しい赤紫の瞳に、自分だけを映してほしい。

怯えさせてしまった分、優しく抱きしめたい。

だから——。

「皇妃としての君を守れるように、今度は私が頑張らないとな」

恐ろしい目に遭ったというのに、フェルリナが気にするのはヴァルトのことばかりだった。

何をされても逃げずに、ヴァルトを守るためにぬいぐるみのふりをして耐えてくれた。

もしぬいぐるみが動き、その中に皇妃がいると分かれば、彼らはフェルリナを脅しの道具にするかもしれなかった。

それだけでなく、ルビクス王国の魔法の関与が疑われれば、今の和平も危うくなっていただろう。

健気にヴァルトのために尽くそうとする彼女に胸が締めつけられる。

「こんなに可愛いのに、君は強いんだな」

ふわふわのぬいぐるみの頭に、ヴァルトはそっとキスを落とす。

フェルリナがもたらした情報がなければ、今の時点で反和平派の企みを暴くことは難しかっただろう。

（私の大切な皇妃に手を出したあいつらには、相応の報いを受けてもらう）

ガタガタの縫い目をそっと撫で、ヴァルトは瞳を凍らせた。

定例の貴族議会が開催される時刻。

反和平派の面々は、内心でほくそ笑んでいた。

ヴァルトが皇帝でいられるのも今のうちだけだ——と。

議会が行われる会場に、ぞろぞろと貴族たちが現れ、決められた席に座っていく。

その中には、反和平派が事前に流した噂で、皇帝への不信感を植えつけられた者もいる。

皆が着席し、あとは皇帝の入場を待つだけとなった。

「皇帝陛下のご入場です」

皇帝の側近であるグランが先に入場し、宣言した。

この日も、皇帝は真顔で可愛すぎるクマのぬいぐるみを抱いている。

（ふっ、そのぬいぐるみのせいで陥れられるとも知らずに、のこのこと抱いてきおったわ）

グレイソン伯爵は笑みを抑えきれず、口元を片手で覆った。

末席に座る自分たちのことなど、皇帝が気づくはずもない。

「これより、議会を開始する」

議長となる皇帝――ヴァルトが開会を告げ、本日の議題を読み上げていく。

皇室財務長官ユリクスが財務状況を、宝蔵管理長官ラントルが宝物殿の状況を、帝国騎士団長ガイヤが帝国内で起きた事件についての報告を、その他大臣たちがそれぞれ議事次第に沿って報告と質疑応答を行う。

そうして、特に大きな問題もなく、議会はいつも通り順調に進んでいった。

「では他に、この場で議論すべきことがある者はいるか？」

予定していた議事を終え、ヴァルトが最後に皆に問う。

「陛下、一つよろしいでしょうか」

「グレイソン伯爵、発言を許す」

「ありがとうございます」

グレイソン伯爵はゆったりと立ち上がり、周囲を見回した。

反和平派の貴族たちの目には光が灯り、これからグレイソン伯爵が何を発言するのか分からない者たちは訝しげに見つめている。

「先日ルビクス王国よりお迎えした皇妃殿下ですが、皇妃として何かご公務に励まれているのでしょうか？　あの結婚式以来、公の場に姿を現さず、何をしているのかと思えば、陛下がその腕に抱いているぬいぐるみを作っていたようですね。公務もせず、自らの趣味に没頭する方は、果たして皇妃に相応しいのでしょうか？」

「私も同感でございます。それに、皇妃殿下はあのルビクス王国の出身。これまでの陛下でしたら、ぬいぐるみを抱いて公務を行うなど考えられなかったことです。もしや陛下に怪しい呪いでもかけたのではないか、と我々は心配しています。やはりルビクス王国の王女を皇妃に据えておくのは不安です」

グレイソン伯爵の発言に、オレット男爵がのっかった。

皇帝を心配するふりをしながらも、ルビクス王国の王女と結婚したことを非難している。

「それで、何が言いたい？」

二人の発言を聞き、ヴァルトは淡々と問うた。

「皇妃の廃位を求めます」

グレイソン伯爵の放った一言に、皆がざわつく。

それは、ルビクス王国との和平にヒビを入れることと同義だ。

しかし、ヴァルトの変化に気づいていた臣下たちは顔を見合わせる。

「たしかに、陛下が変わってしまったのは皇妃殿下と結婚してからだ」

「あのぬいぐるみを抱くようになって、変わられたのは間違いない……」

「皇妃が表に出てこないというのもな……」

「あのぬいぐるみには魔法がかけられていて、陛下が操られているという噂もある」

バンッと机を叩き、ヴァルトはすべての雑音を一瞬で消した。

その怜悧な眼差しは、出席者たちを凍りつかせるには十分な威力を放っていた。

「では、逆に問おう。私が、皇妃のぬいぐるみを抱くようになって公務は滞ったか？」

しんと静まり返った議場に、ヴァルトの冷ややかな声が響く。

「いいえ。決裁書類が遅れることは一度もありませんでしたし、帳簿のミスにも気づいてくださいました」

皇室財務長官ユリクスが答える。

「騎士たちへの訓練にも、いつも通り来てくださっていました。むしろ、いつも以上に張り切ってくださっていたような気がしますな」

帝国騎士団長ガイヤが苦笑交じりに言った。

「それに、失礼ながら今まで近寄りがたかった陛下の雰囲気が柔らかくなられた気がします。孤児院で皇妃殿下が作ったぬいぐるみを抱く陛下を見た者たちから噂が広まり、帝都での陛下と皇妃殿下の人気は高まっているとか」

最年長の大臣の一人、バレイン公爵が朗らかに笑う。

彼らの言葉で、グレイソン伯爵の思惑とは真逆の方へ、風向きが変わっていく。

噂によって皇帝への不信感を募らせていた貴族たちまでもが、そちらの意見に同調し始めた。

（な、何故だ⁉）

焦りを表情に出さないようにと気をつけながらも、グレイソン伯爵の顔は青ざめる。

皆が皇帝への支持を示し始めたのならば、つい先ほどの発言はあまりに不敬だ。

得意げに話していた分、立場はない。

「皇妃は元々体が強くない。だから、あまり公の場には連れていけぬのだ。それでも、この国の役に立ちたいと日々勉強している。帝国を見下すようなことも経費を無駄使いすることもなく、な。それなのに、皇妃に相応しくないと？」

ヴァルトの言葉を受けて、貴族たちはグレイソン伯爵に責めるような目を向ける。

不利になった状況にも負けず、グレイソン伯爵は言い返す。

「それこそ、ルビクス王国が皇妃としてまともな公務もできない王女を陛下に嫁がせたということではありませんか！　我々はなめられているのです」

「だから、皇妃を暗殺しようとしたのか？」

グレイソン伯爵は、鋭い刃を喉元に突きつけられたような錯覚に陥った。

それほどまでに、ヴァルトの怒りは強く、目は殺意に満ちている。

「皇妃はルビクス王国の刺客に狙われたのでしょう？」

グレイソン伯爵が咄嗟に返した言葉に、周囲がざわつく。

「何故、ルビクス王国からの刺客だと言える？　事件の詳細は共に襲撃を受けた皇妃の専属侍女か捜査に関わっている者しか知らない。あぁ、それともちろん黒幕だな。お前はどれに当たるんだ？」

「わ、私は、そう、その、皇妃の侍女に聞いたのです！」

「侍女の名前は？」

「…………」

「なんだ。答えられないのか？　皇室の重要事項を漏らすような侍女がいるならば、罰してやらねばと思ったのだが」

冷や汗がだらだらと背中に流れる。

ヴァルトから放たれる殺気があまりに冷たく、鋭くて、グレイソン伯爵は冷静さを失いつつあった。

何を答えても墓穴を掘っている。

「たしかに、皇妃はルビクス王国王家の紋章入りの短剣を持った刺客に襲われた。しかし、その短剣は戦利品から盗まれた物だった。そうだな、ラントル卿」

そう言って、ヴァルトは証拠品である短剣をグランに持ってこさせる。

グランは短剣を掲げ、宝蔵管理長官であるラントルに見せた。

「はい。先日、戦利品の管理をしている宝物殿から、ルビクス王国の兵より押収した短剣がなくなっておりました。皇妃殿下が襲われた時に見つかった物と同一と見て間違いありません」

ラントルは、短剣が宝物殿より盗まれた物だと断言する。

「し、しかし！　短剣を盗んだのがルビクス王国の者かもしれないではないですか！　奴らは魔法を使えるのです。我々の目を欺くことなど容易かと」

「短剣を盗んだ犯人なら捕まえている」

ヴァルトが目線で命じると、小柄な男が後ろ手に拘束されながら連れてこられた。

ぬいぐるみが誘拐されたあの日、【黒】が反和平派の動きを探り、犯人の行方にたどり着いたのだ。

皇妃を襲った刺客は逃亡の後、自害していたが、反和平派が雇っていたのは一人ではなかった。

この男は盗みのプロで、宝物殿から短剣を盗み出した犯人である。

犯人は手練れの賊で、今までもいくつかの貴族の御用達として何度も手を汚してきた者だった。

「お前たちは、安易にもルビクス王国王家の紋章が入った短剣を現場に残せば、ルビクス王国の仕業に見せかけられると思ったんだろう？　和平の象徴である皇妃を殺し、再び戦争によってルビクス王国を支配するために。そうすれば、お前たちが復権を望むレガートに喜んでもらえるとでも？」

レガートの名が出た瞬間、数人が息をのんだ。

数々の陰謀の中心にいたレガートをまだ誰も忘れてはいない。

巻き込まれた者も、少なからずいるのだ。

「いくら望んでいても、あいつに皇帝は務まらない。もちろん、お前たちのような無能をこのままにしておく気もない。ガイヤ、反逆者を捕らえよ」

騎士団長であるガイヤがすぐにグレイソン伯爵の身柄を押さえた。

オレット男爵の身柄も、扉付近に待機していた他の騎士たちによって拘束される。

「は、放せっ！　私は何も知らない！」

オレット男爵が反抗すると、皇帝の側近であるグランが誰かを連れてきた。

肩まで切り揃えられた茶色の髪の若い女性。

震える体は小柄で、ランドリーメイドの仕事服を着ている。

「……そ、その女は」

「ふっ、知っているのか？　この女は、皇妃の侍女だと身分を偽り、私の名を騙り、ぬいぐるみを盗んだ。しかしおかしなことに、この女はぬいぐるみを盗んでおいて別の男に渡しているんだ。何故だと思う？」

ヴァルトがオレット男爵に問う。

「さ、さぁ……私には」

「この女の役目はぬいぐるみを持ち出すことだったからだ。ただそれだけのことに大金を払う奴がいたらしくてな。お前はそれが誰だか分かるか？」

「い、いえ……」

「そうか。それなら、この女に聞いてみよう。お前は、誰に頼まれて私の大切なぬいぐるみを盗んだ？」

「ひぃっ……お、オレット男爵です！」

皇帝の眼光に耐えられず、女はオレット男爵を指した。

「この女、裏切りやがって！」

オレット男爵が悪態をつく。

「へ、陛下っ、私は無関係です！」

そこで声を上げたのは、議会に出席していなかったアロン子爵だ。

ランドリーメイドとともに、この場に連行されていた。

「アロン子爵、この者に短剣を盗むよう命じたのはお前だそうだな」

「いえ、そのようなことはっ」

「そうか……。では、これに見覚えはあるか？」

ヴァルトがグランから大粒の宝石が埋め込まれた指輪を受け取り、アロン子爵の目の前に掲げてみせる。

「それは、子爵家の家宝です！　厳重に保管しているはずなのに、何故⁉」

「この者は、雇い主に裏切られた時のために、雇い主を示す物を盗むことにしているらしい」

「な、なんだとっ！　貴様、いつの間に盗んだ⁉」

アロン子爵が捕縛されている男に向かって叫ぶ。

しかし、男はしたり顔で笑うだけだ。

「どうやら、お前が雇い主ということで間違いなさそうだな」

ヴァルトはにっこりと笑みを浮かべる。

しかしそれは場が凍りそうなほど恐ろしい笑みだった。

アロン子爵は何も言えずグッと唾を飲み込む。

「我々は、帝国のためにしただけだ！　ぬいぐるみを寵愛する皇帝など、この国には必要ない！　高貴な血筋を持つレガート皇子殿下こそが皇帝に相応しい！　いつか、皆もそう思う日が来るだろう！」

悪びれもせず、グレイソン伯爵が開き直って言葉を投げる。

直後、その首元には白銀の刃が突きつけられた。

ヴァルトがとうとう剣を抜いたのだ。

「どれだけ喚いたところで、お前たちに逃げ場などない。今頃、屋敷も調べ終わっていることだろう。何が出てくるのか楽しみだな」

冷たい笑みを浮かべて、ヴァルトが言った。

その目はまるで笑っておらず、三人の反逆者を絶望に染める。

「最初から、このつもりだったとでもいうのか……」

「あぁ。お前たちがこの議会で皇妃の廃位を求めることを知っていたからな」

「な、何故だ……この計画は私たちしか知らぬはず……」

諦観に満ちたグレイソン伯爵の言葉を聞いて、ヴァルトは剣を収めた。

そして、皇帝の椅子に避難させていたぬいぐるみを再び抱く。

「お前たちの敗因は、私の大切なぬいぐるみに手を出したことだ」

ぬいぐるみの体には、ガタガタの銀の糸で繕われた箇所がいくつも見受けられた。

たとえ傷がついたとしても、捨てられることなく、変わらずそのぬいぐるみはヴァルトの腕の中にある。

そして、普段は氷のように冷たい眼差しが、ぬいぐるみを見つめる時だけは柔らかい。

どれだけ大切にしているのか、誰が見ても明らかだった。

「他に意見がある者がいなければ、これにて閉会とする。グラン、後の処理は任せたぞ」

「かしこまりました」

そうして、反和平派の三人は捕らえられ、今回の皇妃暗殺未遂事件はひとまずの解決をみせた。

議会の間からの帰り道。

フェルリナはヴァルトの腕に抱かれたまま、つい先ほどのことを思い出しては興奮していた。

(陛下、とってもかっこよかったわ！)

真剣な眼差しと一滴の血も流すことなく解決した手腕。

皇帝である彼のまた新たな一面を見られた気がする。

「ルー、すべて君のおかげだ」

まだ胸がドキドキしているフェルリナに、ヴァルトが声をかけた。

「……少しでもお役に立てたのなら、本当によかったです」

「少しどころではない。君がいなければ、彼らの好きにされていただろう」

そう言って、ヴァルトは抱いていたぬいぐるみの向きをくるりと変えた。

まっすぐに互いを見つめ合う体勢に、胸が高鳴る。

「本当にありがとう」

これまでに見たことのない柔らかくて甘い笑顔を目の当たりにしたかと思うと、ヴァルトの顔が近づいてくる。

「陛下……？」

ちゅっ。

柔らかなものが、ふわふわのぬいぐるみの口元に寄せられた。

キスをされたことに気づいた瞬間、フェルリナの心臓がバクバクと暴れ出す——。

「…………」

「ルー？　嫌だったか⁉」

「…………」

いつもなら、恥ずかしがったり、何かしらの反応を見せるフェルリナがキスに無反応だ。

もしや反応もできないほど自分とのキスが嫌だったのか⁉

それならかなりのショックだが、数秒経っても、うんともすんとも言わない。

「ルー？」

呼びかけても返事をしない。

「私の前でこんな完璧にぬいぐるみのふりをする必要はないぞ⁉」

揺さぶっても全く動かない。

まるで、ただのぬいぐるみになってしまったかのようだ。

（一体、ルーに何が起こったんだ……⁉）

まさか、まさか……。

ヴァルトはぬいぐるみを大切に腕に抱きしめたまま、皇妃の部屋へと走っていく。

すれ違う騎士たちが驚いていたが、そんなのは気にしていられない。

バタンと扉を開けると、

「妃殿下っ！」

と、リジアがベッドに向かって声をかけているのが見えた。

フェルリナがついに目を覚ましたのだ。

すぐにヴァルトはベッドに駆け寄り、ぬいぐるみを片手にフェルリナの体をがばっと抱きしめる。

「医務官を呼んできます！」

そう言って、リジアは部屋を出ていった。

頭がぼうっとしていて、あまり状況をのみ込めない。

「へ、いか……」

その声はかなり掠れていたが、自分の喉を震わせて放ったものだった。

「フェルリナ！　元に戻れたんだな！」

耳元で嬉しそうなヴァルトの声が聞こえる。

（もしかしてわたし……）

そして、徐々に実感する。自分の体に戻ってきたのだと。

「喉が渇いているだろう。水を飲むといい」

抱擁を解いて、ヴァルトが水を差し出してくれる。

人間の体に戻ったから、いつも膝に座って見上げていたヴァルトの顔がやけに近く感じられてドキドキしてしまう。

それに、つい先ほどまで抱きしめられていたことにも、心臓が遅れて反応している。

（わたし、変な顔をしていないかしら……？）

ぬいぐるみだった時は表情が変わらなかったけれど、今は違う。

うまく表情を取り繕える気がしなくて、フェルリナは受け取った水を一気に飲みほした。

「けほっ」

「大丈夫か？　目覚めたばかりなのだから、ゆっくりでいい」

むせ込んだフェルリナの背をヴァルトが気遣うように撫でる。

それは、ぬいぐるみの時から知っている優しい手で、突然の状況の変化に戸惑うフェルリナの心も少し落ち着いてきた。

「でも、どうして元に……？」

元に戻る直前、自分は何をしていたのだっけ？

フェルリナが首を傾げていると、ヴァルトが笑う。

「もしかしたら、私が驚かせてしまったからだろうか」

その一言で、突然キスされたことを思い出し、フェルリナの顔は真っ赤に染まる。

ヴァルトの顔をまともに見られない。

「照れているのか？　可愛いな」

しかし、ヴァルトは追い打ちをかけるようにベッドに座り、俯くフェルリナを優しく抱きしめる。

「か、可愛いのは、ぬいぐるみであって、わたしは……」

可愛くない。可愛がってもらえたことなんてなかった。

だから、ヴァルトからもらえたその一言が嬉しいのに、やっぱりまだ自信がなくて、受け止めることができなくて。

「そうか？　なら、よく見せてくれ」

ヴァルトはフェルリナの両頬を優しく包み、自分と向き合わせた。

ダークブルーの双眸に見つめられ、ドキドキする。

自分の顔をこんなに間近で見られることは初めてで、フェルリナは緊張して、逃げたくてたまらない。

でも、ヴァルトは逃がしてはくれない。

「赤紫の大きな瞳は澄んでいて美しく、ローズピンクの髪はふわふわで撫でると気持ちがいいな」

大きな手で優しく撫でられて、フェルリナの胸はきゅんと疼く。

「私の手で覆ってしまえる小さな顔も、ちょんとのった鼻も、柔らかそうな唇も、赤く染まる耳も、フェルリナのすべてが可愛い」

壊れやすい宝物を扱うように、フェルリナの頬に、鼻に、唇に、耳に、ヴァルトの指が触れた。

羞恥で動けず、フェルリナは為すがまま、ただただ心の中で悲鳴を上げていた。

「も、もう勘弁してくださいませ……！」

「私の言葉を信じてくれるか？」

「……は、はい」

消えてしまいそうな声で、フェルリナはなんとか返事をする。

「本当に？」

しかし、まだヴァルトは疑っているようで、吐息がかかるくらいの距離で見つめてくる。

怜悧な印象を与える美貌だが、その頬は少しだけ赤く染まっていた。

ぬいぐるみの目を通して見ていた時よりも、ヴァルトの表情の変化が鮮明に感じられる。

その分、フェルリナの心臓にはときめきという負荷がかかるのだが、ヴァルトの美しいダークブルーの瞳に自分の姿が映っていると思うと素直に嬉しい。

（こんな風に陛下と見つめ合える日が来るなんて……）

もう元に戻れず、皇帝のぬいぐるみとして生きていく未来も頭をよぎっていた。

しかし、無事に元の体に戻り、こうしてヴァルトと人として向き合うことができている。

――本当によかった。

心から安堵するフェルリナの頬に、ヴァルトの白銀の髪がさらりとかすめた。

「ふふ」

少しくすぐったくて思わず笑みをこぼすと、ヴァルトの目が見開かれた。

「可愛い、可愛すぎる……」

「陛下？」

「結婚式の日の私は、どうして君にあんなことが言えたんだろうな……」

ぽつりと呟いて、ヴァルトが頭を下げた。

「フェルリナ、結婚初日に酷いことを言ってすまなかった」

「へ、陛下、頭を上げてください！」

「一度、きちんと君に謝りたかったんだ」

ヴァルトの謝罪で、フェルリナも恐怖を感じた結婚式の日を思い出す。

しかし、ガルアド帝国での生活は、想像していたものとは違っていた。

「陛下は人質であるわたしのために素敵な部屋や優しい侍女の皆さま、ドレスを用意してくださったではありませんか。それに、今日までぬいぐるみの体に入ったわたしのことも守ってくださいました。本当に、ありがとうございます」

フェルリナが頭を下げようとすると、ヴァルトの手にやんわりと止められる。

「礼を言うのは私の方だ。君は、恨まれても仕方のないことをした私を怒りもせず、優しく気にかけてくれただろう？　君の優しさに私は救われたんだ。ありがとう」

そう言って、ヴァルトは柔らかい眼差しをフェルリナに向けた。

（わたしが、陛下を救った……？）

ヴァルトに与えられるばかりで、何も返せていないと思っていたけれど。

彼を救うことができていたのなら、とても嬉しい。

「もう一度、あの日をやり直せないだろうか？」

「え……？」

「君を怯えさせるだけの冷たい結婚式ではなく、君が心から笑えるような幸せな結婚式を挙げたい。もちろん、あの日のような正式なものではないが、君との夫婦生活をやり直したいんだ」

あまりに優しい言葉に、フェルリナの大きな瞳は涙でいっぱいになる。

「どうした⁉　嫌だったか？」

違う、とフェルリナは首をぶんぶんと横に振る。

どうしよう。こんなに嬉しくて、幸せで、いいのだろうか。

無知で、無価値で、役立たずな自分が幸せになる未来なんて、想像することもなかったのに。

いざ目の前に現れると、どうしていいか分からなくなる。

「フェルリナ、こっちを見てくれ」

名を呼ばれ、ヴァルトの声に導かれるように顔を上げた。

「君は、価値のある人間だ。学んだことを知識として吸収する賢さも、優しくて純粋な心も、守りたいもののために戦える勇気もある。この国にとっても、私にとっても、君は必要な存在だ」

ヴァルトの耳に心地よい低音が、ルビクス王国での呪いのような言葉を上書きしていく。

「人質としてではなく、皇妃として、私の妻として側にいてほしい」

あぁ、ヴァルトは本気なのだ。

本気で、フェルリナを帝国の唯一の皇妃に求めてくれている。

信じられなかった自分の価値が、ヴァルトの言葉によって形作られていく。

そして、それは自信へと繋がる。

ヴァルトのことを諦めなくてもいい。

好きでいていいのだと言われているようで。

遠慮ばかり、自分を卑下するばかりだった自分から変われる気がする。

「はいっ！　ガルアド帝国の皇妃として、陛下の妻として、どうかこれからもわたしを側にいさせてください」

涙を拭いて、フェルリナは満面の笑みを浮かべた。

大好きな人に求められることが嬉しくて、とても幸せで、胸が熱くなる。

「あぁ、私の妻はこんなにも可愛かったのだな」

そう言って、ヴァルトはフェルリナをぎゅっと抱きしめる。

爽やかなミントのような香りがした。

これがヴァルトの匂い。初めて、フェルリナは彼の匂いを知った。

他にも、ヴァルトの体温、鍛えられた体、息づかい、すべてを直に感じられる。

しかし、感覚があまりなかったぬいぐるみの時は耐えられたことも、人間の体に戻った今はかなり刺激が強い。

「へ、陛下……もう、これ以上は」

耐えられない。

抵抗しようと顔を上げると、ヴァルトの怜悧な美貌があって。

あっと思った時にはもう、唇を塞がれていた。

熱い吐息と、少し冷たい唇の感触。

熱に浮かされたように頭がぼうっとして、心臓は爆発しそうなくらい暴れている。

ドキドキが止まらなくて、なんだか体がとても軽く感じられる。

(あれ？　体が、軽い……？)

それに、ついさっきまでヴァルトの腕の中にいたはずなのに――。

「フェルリナ⁉」

ぐったりと力が抜けたフェルリナの顔を見つめるヴァルト。

「えええ――っ‼」

見慣れたぬいぐるみの手足を見てしまったフェルリナ。

互いに叫んだところで、ハッと振り向き合う。

「「………」」

ダークブルーの双眸ときらきらのブルーサファイアの瞳が交わった。

「……ルー？」

「は、はい……」

「なんでまたぬいぐるみに？」

「さ、さぁ……どうしてでしょう？」

せっかく戻れたと思ったのに、フェルリナの魂はまたぬいぐるみに入ってしまった。

ヴァルトはフェルリナの体を丁寧にベッドに横たわらせる。

「……まさか、そんなに私とのキスが嫌だったのか？」

「そ、そんなことはありません！　でも、その、ドキドキしすぎて死んじゃうかも、とは思いました」

「私の妻が可愛すぎる……っ！」

ヴァルトが頭を抱えて、何やら叫んでいる。

「へ、陛下……？」

恐る恐るフェルリナが声をかけると、ヴァルトは肩を震わせ、一つ咳払いをした。

「すまない、取り乱した。まさかキスをしたらまたぬいぐるみになるとは思わず……ん？キスをしたらぬいぐるみに？」

途端、ヴァルトが何か思案げになる。

そして、にやりと笑った。

「フェルリナ、よく分からないがとにかくキスをしてぬいぐるみに憑依したなら、またキスをすれば本体に戻れるんじゃないか？」

「たしかにそうかもしれませんね！　……って、あれ？」

的を射ている案だと思い肯定するも、ふと我に返る。

またキス……？

「ちょ、ちょっと待ってください陛下。そんないきなり何度もされては心臓が持ちませ……あっ」

ぎゅうっと抱きしめられて、意識を失うほどの甘いキスが落とされた。

「慣れるまで、たっぷり可愛がってやるからな」

フェルリナがぬいぐるみとして冷酷皇帝に可愛がられる日々は、まだまだ続く

——……？

end

あとがき

初めまして、またはお久しぶりです。奏舞音と申します。

この度は、『冷酷皇帝は人質王女を溺愛中　なぜかぬいぐるみになって抱かれています』をお手に取っていただき、本当にありがとうございます。

本作は、私にとって初めての書き下ろし作品です。デビュー作のテーマが復讐だったので、次はラブコメを書いてみたい！　と思い、紆余曲折の末に誕生したのが本作です。

タイトルが決まる前から本作のことは「ぬいぐるみ皇帝」と呼んでいたため、この略称にとても愛着があります。ぬいぐるみが冷酷皇帝であるヴァルトをイメージして作られたものであることと、冷酷皇帝がぬいぐるみを抱いていることをうまく表現した略称だなと思っております。

ですので、ぜひ皆様にも「ぬいぐるみ皇帝」と呼んで親しんでいただけると嬉しいです！

冷酷皇帝なのですが、執筆を終えた私の記憶に残っているヴァルトは、ひたすらぬいぐるみを抱きしめて、その可愛さに悶え、癒されている姿だけです。あれ、おかしい。かっこいいところもあったはずなのに……。それもこれも、すべては可愛すぎるぬいぐるみのせい⁉　しかし、可愛いは正義ですから！　ぬいぐるみに罪はありません。私ももふもふしたいです。ぜひとも、ヴァルトぬいをグッズ化して抱きしめたい！　という欲望をここで叫んでおきます。きっとどこかに届くはずだと信じて！（笑）

　さて、強面なイケメンが可愛いぬいぐるみを抱いて悶えている様が見たい——という妄想から生まれた本作ですが、こうして形にできたことに私自身とても感動しています。可愛くて、ラブとコメディがちゃんと詰まったラブコメ作品に仕上がっていると思うので、たくさんの方に楽しんでいただけるよう願うばかりです！

　ここからは本作の刊行にあたり、お世話になった方々への謝辞を。

　イラストを担当してくださったｃｏｍｅｔ様。ぬいぐるみがひたすら可愛い！　ヴァルトがめちゃくちゃかっこいい！　フェルリナがとっても愛らしい！　最終的に「可愛い！」しか言えなくなる魔法がかかっているのでは⁉　と思うほどに素晴らしいイラストの数々を本当にありがとうございます。ラフをいただく度ににやけてきゅんきゅんして、すぐさま作業用のパソコンの背景画像に設定しました。おかげで毎日癒されております。

「ぬいぐるみ皇帝」と初めて呼んでくださった担当Y様。打ち合わせ中にぽろりと漏らした「ぬいぐるみ皇帝」のネタを気に入ってくださり、背中を押してくださって本当にありがとうございます。執筆中は、担当様の熱量と優しさに支えられておりました。

他にも、校正様、デザイナー様、ビーズログ文庫編集部の皆さま、営業様、印刷所の皆さま、本作の刊行にご尽力くださったすべての方々に厚く御礼申し上げます。

そして、初めての書き下ろしでプロット段階から悩み続ける私を側で見守ってくれた家族、友人にも心から感謝しています。

また、「ぬいぐるみ皇帝」ですが、なんとコミカライズ企画が進行中です！　あのシーンやこのシーンも漫画で読めるのかと思うと、今からワクワクしております。こちらもどうぞよろしくお願いいたします。

最後に、ここまで読んでくださった皆さま、本当にありがとうございます！

可愛いぬいぐるみの癒しとときめきが皆さまの心に届きますように。

次の作品でもお会いできることを祈って――。

奏舞音

■ご意見、ご感想をお寄せください。
《ファンレターの宛先》
〒102-8177 東京都千代田区富士見 2-13-3
株式会社KADOKAWA ビーズログ文庫編集部
奏 舞音 先生・comet 先生

●お問い合わせ
https://www.kadokawa.co.jp/（「お問い合わせ」へお進みください）
※内容によっては、お答えできない場合があります。
※サポートは日本国内のみとさせていただきます。
※Japanese text only

冷酷皇帝は人質王女を溺愛中

なぜかぬいぐるみになって抱かれています

奏 舞音

2022年 1月15日 初版発行
2024年10月25日 6版発行

発行者 山下直久
発行 株式会社 KADOKAWA
〒102-8177 東京都千代田区富士見 2-13-3
（ナビダイヤル） 0570-002-301
デザイン みぞぐちまいこ（cob design）
印刷所 株式会社KADOKAWA
製本所 株式会社KADOKAWA

ISBN978-4-04-736891-0 C0193

定価はカバーに表示してあります。